L'AMANT DE PATAGONIE

Née en 1956 à Paris, Isabelle Autissier, skipper confirmée, a participé à quatre tours du monde à la voile et a passé de nombreuses fois le cap Horn. Elle a écrit plusieurs ouvrages dont *Salut au Grand Sud* avec Erik Orsenna, *Kerguelen* et *Versant océan* avec Lionel Daudet. Fin 2009, elle a été élue présidente de la branche française de la WWF.

Paru dans Le Livre de Poche :

SALUT AU GRAND SUD

SEULE LA MER S'EN SOUVIENDRA

ISABELLE AUTISSIER

L'Amant de Patagonie

ROMAN

GRASSET

ISBN : 978-2-253-17352-6 – 1re publication LGF

Je suis Cushinjizkipa, du pays de Yeskumaala, près, tout près du bout du monde.

Je suis Cushinjizkipa ; keepa parce que je suis une femme et cushinjiz parce que je suis née dans la baie des nombreux canards. Les miens m'appellent Cushi, les autres m'ont appelée Rosy. Ce nom ne veut rien dire, mais je dois y répondre.

Le récit dit que c'est l'un des pères de mes pères qui a vu les autres pour la première fois. Un jour ordinaire, il avait plu toute la journée et le ciel fuyait en emportant Akaïnix, l'arc-en-ciel. Sortant de la brume, il y avait cette immense baleine, si étrange, avec trois arbres plantés sur le dos. Mon peuple a bonne vue, je peux encore, à mon âge, distinguer l'ombre du cormoran, la nuit, au creux des falaises.

Le père de mes pères a crié qu'il voyait de gros oiseaux colorés de bleu et de rouge perchés partout. Tout le monde se pressait sur la plage. L'animal s'est approché près du rivage et a enfanté un petit sur lequel quelques-uns des oiseaux se sont posés. Quand ils ont touché terre, alors mon peuple entier a vu. Ce n'était pas des oiseaux, mais des êtres qui nous ressemblaient. Ils marchaient, avaient deux bras, deux jambes et une tête, mais leurs corps étaient presque invisibles, recouverts de ces peaux colorées qui les avaient fait prendre pour des oiseaux. Ils étaient terriblement laids, un peu plus grands que nous, mais surtout beaucoup plus massifs, sans rien de cette finesse qui fait la beauté des corps. La peau de leur visage était blême comme celle des morts et mangée par de longs poils. Certains avaient des yeux délavés presque transparents, de ceux que l'on prête à Yetaite, l'esprit mauvais de la Terre. Ils portaient des bâtons, luisants dans le timide soleil. Akaïnix, l'arc-en-ciel, n'est pas un esprit mauvais, il ne punit pas, il n'est pas signe de malheur. Alors, le peuple des hommes a eu confiance et est resté sur la plage, par curiosité, mais aussi parce que c'est la règle d'accueillir ceux que la mer a apportés.

Je suis Cushinjizkipa, je vis loin de mon pays aujourd'hui, à plus d'une semaine de canoë.

Le bateau des Blancs est arrivé avant l'aube. Tout était calme et limpide, le soleil a glissé vers le ciel, dans l'axe du canal. Dans le canot qui les a débarqués, il y avait une femme, une inconnue. J'ai des pouvoirs. Je suis une Yekamush, je fais partie de ceux qui savent parler aux esprits. Alors j'ai vu. Du haut de la colline, si loin. J'ai vu et j'ai su qu'elle portait la tourmente.

Je m'appelle Emily et j'ai tué ma mère. Plus exactement, elle est morte en me mettant au monde, ce qui revient au même. A-t-elle su, senti, à l'instant où je glissais vers la vie, qu'elle perdait la sienne ? A-t-elle lutté ? A-t-elle admis ? Renoncé au combat ? M'a-t-elle haïe de lui voler son mari, son fils, et la haie de genêts dorés de ce printemps-là ? Elle a hurlé, dans la fumée des chandelles, entourée de vieilles femmes impuissantes.

Jamais père n'a reparlé d'elle, jamais il ne s'est remarié, ce qui est plus qu'un long discours. Je sais qu'avant ma naissance la maison était pleine de vie, de voisines et d'enfants. Personne n'aime le malheur, et moins encore ceux qui le cultivent, alors nous sommes devenus « ceux de Doherty », cet inconvenant assemblage d'un homme encore jeune, flanqué d'un bébé et d'un garçonnet de quatre ans. Je suis allée un an en nourrice et père m'a récupérée, prétextant qu'il n'était pas homme à abandonner sa fille après avoir perdu sa femme. Nous avons cheminé tous les trois, soudés autour de cette absence, arrimés les uns aux autres, comme on se serre dans la tempête. J'ai grandi dans cette étrange atmosphère où chacun protégeait l'autre autant qu'il le pouvait. Notre trio était traversé par le sens de la fragilité et de l'urgence à être ensemble. Les enfants ne trouvent jamais rien anormal. La règle familiale, c'est la vie et c'est tout. D'autant que les points de comparaison étaient rares puisqu'il y avait peu de visiteurs à Doherty. Ce n'est que lorsque tout s'est arrêté que j'ai pris conscience d'avoir été la seule petite paysanne d'Ecosse à avoir eu une telle enfance. Pour moi, ce bonheur était banal.

Père nous traînait partout : aux champs sous des peaux de mouton, à l'étable sur la paille, le soir au coin du feu, un sur chaque genou. Il s'arrêtait souvent de travailler pour me tresser une couronne d'épinettes ou tailler un arc pour Greg. Deux ou trois fois par an, nous allions au village, vendre peu et acheter encore moins. Aux moissons, il donnait un coup de main aux voisins pendant quelques jours et ceux-ci lui rendaient la pareille. Pour le reste, nous étions ses seuls interlocuteurs. Il prenait du temps pour nous parler comme à des adultes, des bêtes et du soin qu'elles réclament, des plantes et de leurs vertus, des légendes et des histoires si anciennes qu'on ne savait plus qui les avait vécues.

J'ai dû rapidement tenir ma place. A cinq ans je savais traire, sur le tabouret rehaussé que père m'avait fabriqué. A six ans je tirais l'eau du puits. A partir de sept ans, j'étais la femme du foyer, cuisinant, cousant, mal sans doute, mais habitée du désir éperdu d'effacer mon péché originel.

J'ai rêvé d'être un garçon. Courir la lande, monter à cheval, chasser et même couper le bois et abattre les bêtes m'a toujours plus attirée que remuer le brouet ou filer interminablement. Heureusement, Greg, qui n'avait pas de compagnon de son âge, m'a donné l'occasion d'échapper à ma condition de fille. Il m'appelait Em, faisant disparaître la sonorité féminine de mon prénom. Dès que nous en avions le loisir, il me traînait en haut des arbres, m'apprenait à faire des ricochets et à tirer à l'arc. Nous menions ensemble vaches et moutons. Les animaux paisibles nous laissaient tout loisir de fabriquer des collets, de nous exercer à la fronde sur les passereaux et les alouettes des environs et même de lutter. Nous roulions dans la prairie, j'arrivais de temps à autre à placer un croc-en-jambe qui le faisait éclater de rire :

— Bravo Em, tu seras un bon soldat !

Je tremblais de fierté et mes nuits se peuplaient d'uniformes à boutons dorés et d'une certaine recrue plus petite mais plus courageuse que tous, brandissant son drapeau, comme sur les gravures de l'almanach.

Un cheval, trois vaches, une vingtaine de moutons, les poules, un carré de seigle et quelques légumes. Nous n'étions pas pauvres, pas riches non plus.

Quelle est la norme ? Le bonheur ou le malheur ? Dieu les équilibre-t-il dans la vie de chacun, pour éprouver nos cœurs et notre foi ? Je suis tôt sortie de cette existence paisible.

Les foins avaient été rentrés juste à temps, avant les orages. Les collines étaient blondes et sèches, le ruisseau coulait à peine et j'aimais cette période où la nature semble repue, satisfaite d'avoir créé, une année encore. J'avais onze ans.

J'ai entendu le cheval s'arrêter dans la cour. Ben Ashley, le voisin, fuyait mon regard et les mots lui sortaient avec peine de la bouche :

— Petite, trouve ton frère, il faut venir ! Dans la descente de la mare, c'était encore bien humide. Sous les arbres, j'ai toujours dit qu'il faudrait empierrer. Ton père est coincé sous le timon. Ça serait un miracle qu'il s'en tire.

*

Trois jours plus tard, je quittais Doherty, croyant y revenir un jour. Greg partait comme journalier à trente lieues de là, et le révérend Mac Kay, habitant Grenook, d'une lointaine parentèle de ma mère, me recueillait. Bonne âme, il se proposait de m'élever dans la charité, comme l'une de ses quatre filles. De fait je me sentais boniche, au service de feignasses, dont le seul intérêt pour leur prochain consistait à en papoter méchamment.

— Emily, de l'eau chaude ! Emily, des chandelles ! Emily, l'ourlet n'est pas fini ?

La grande maison en pierres grises aurait pu m'éblouir, avec ses meubles cirés et sa vaisselle en porcelaine. Mais en rêve, je continuais à voir la chaumière qui devait se délabrer inexorablement. La ville, ses commerces, sa foule effrayaient la petite sauvageonne que j'étais. C'est là que j'ai découvert combien il m'était indispensable de voir couler une source et d'y boire à la goulée, d'entendre crisser mes pas sur les feuilles sèches, de sentir le vent dévaler les collines, capturant au passage toutes les odeurs de seigle tiède ou de bruyère. Ces sensations, banales pour les paysans, inutiles pour les citadins, me manquaient cruellement. Je n'ai jamais su la nature de ma correspondance secrète avec ces choses simples. Mais dès cet âge, j'ai pris conscience que ma vie ne pourrait pas se dérouler sans elles.

Je ne me sentais bien qu'au jardin, à biner le potager et cueillir les pommes. En automne, je regardais les oies passer, comme elles le faisaient au-dessus des collines de Doherty, et je me souvenais que mon père racontait qu'elles partaient vers le bout du monde, là où le soleil est brûlant, même en hiver. Je me sentais prisonnière. Le révérend Mac Kay vint, sans le vouloir, à ma rescousse. C'était un homme corpulent et barbu, avec des mains de femme et des yeux si profondément enfoncés dans leurs orbites qu'on distinguait mal son regard. Je le tenais pour la seule âme charitable de cette maisonnée. Jeune homme, il était parti porter la parole de Dieu jusqu'aux Indes, avant que la maladie ne le ramène et qu'il ne se marie avec la première de ses ouailles. Il lui en restait une sombre bibliothèque qui paraissait renfermer tous les secrets du monde. Son goût contrarié des voyages l'avait fait adhérer à des associations d'entraide de missionnaires, et la maison accueillait souvent des invités revenant de pays étranges, pour lesquels il organisait des conférences et des quêtes. Au début, ces visites me déroutaient. Elles contrastaient trop avec mes habitudes de solitaire. Mais rapidement j'ai été fascinée par les histoires qu'ils racontaient à table ; les sauvages tout noirs ou tout jaunes, les animaux féroces, les fleuves sans fin, les déserts. Jamais je n'avais imaginé tant de choses si différentes sur notre Terre. Je me suis fait réprimander plus d'une fois pour être restée écouter au coin de la salle au lieu de desservir le repas. J'eus l'audace de poser des questions quand la famille et ses hôtes se regroupaient devant la cheminée. Cela amusait le pasteur.

— Pardonnez la curiosité de notre jeune Emily, voilà une exploratrice en herbe si je ne me trompe, tempérait-il.

C'est au révérend aussi que je dois mon seul bonheur de cette époque : apprendre à lire et à écrire.

— A quoi bon farcir la tête de cette enfant. Elle n'en aura nul besoin, s'énervait sa femme.

— Laissons-la donc, si elle le souhaite ! Qui sait, la lecture de la Bible sera peut-être un jour son seul secours, avait-il tranché.

J'ai l'intuition qu'il me voyait déjà épousant l'un de ses missionnaires et lisant les textes saints à des flopées de femmes en saris ou en boubous. C'est ainsi que je me dépêchais tous les soirs de finir mon ouvrage pour me glisser au bout de la longue table où ses filles étaient censées étudier, et je crois avoir été bien meilleure élève qu'elles.

*

Cinq longues années ont passé. Je me suis peu à peu civilisée, abandonnant l'habitude de marcher pieds nus et de me moucher dans ma manche. J'avais un statut ambigu, entre fille et servante. Mon esprit d'indépendance avait attiré l'attention du révérend, qui voyait en moi une alliée toujours prête à vibrer au récit de ses anciennes entreprises. J'étais la seule à avoir l'autorisation, lorsque j'avais fini mon travail, de me glisser dans la bibliothèque où il écrivait ses interminables courriers. Je lisais avec avidité une sélection d'ouvrages qu'il m'avait préparée, célébrant les hauts faits et les vertus de quelque missionnaire. J'ai encore le souvenir de l'odeur de ces pages exhalant le renfermé et la poussière, des piqûres brunes d'humidité qui mangeaient les coins et du bruit d'insecte du papier de soie que l'on soulève en refrénant sa hâte à découvrir un dessin. Parfois, il me commentait l'une de ces images, qui lui rappelait ses propres aventures. Pour sa femme, je n'étais qu'une pauvrette qu'elle trouvait impertinente, pour lui, j'étais la chimère secrète d'un homme qui ne partirait plus jamais et souffrait de n'avoir aucune descendance mâle capable de reprendre le flambeau de l'évangélisation.

Le dénouement vint des mains du facteur, un lumineux matin d'hiver. Deux ans auparavant, l'un de nos visiteurs avait été le pasteur Georges Bentley. Il sillonnait la Grande-Bretagne afin de récolter des fonds pour sa mission dans un endroit improbable, à l'extrémité de l'Amérique du Sud. Il rendait compte régulièrement à ses bienfaiteurs de son implantation à Ouchouaya, où son petit groupe de catéchistes vivait loin de tout, entouré des seuls Indiens. Ce nom étrange, qui sera plus tard déformé en Ushuaia, me plaisait par une sorte de prémonition. J'apprendrai plus tard que cela signifie : « La baie qui pénètre à l'ouest ». M. Bentley avait un vrai talent d'écriture et le révérend nous lisait souvent ses lettres avant que nous ne priions pour lui. Ses textes parlaient des sauvages qui vivaient nus sous la neige et pour qui nous organisions des collectes de vieux vêtements. Mais il dépeignait aussi avec emphase des paysages sublimes et les glaciers plongeant dans la mer, les forêts rousses en automne, tous témoignages de la grandeur du Créateur. Enfin et surtout, il parlait de ces âmes simples et rudes à qui il apportait les lumières physiques de la civilisation, et morales de la chrétienté. Le révérend Bentley était le favori de « Messieurs, nos missionnaires ». Ce jour-là, je m'étais encore fait réprimander pour avoir répondu vertement à l'aînée des Mac Kay.

— Nous ne tirerons jamais rien de cette gamine, elle est de pire en pire. Bientôt elle va jurer comme un charretier, les corrections ne mènent à rien. Je vous le dis, mon ami, c'est une graine de délinquante, tempêtait la femme du révérend, après m'avoir administré deux claques.

Or le courrier en provenance d'Ouchouaya se terminait par une demande pressante. La femme du pasteur Bentley venait d'avoir son cinquième enfant. Sa fatigue, les soins de la maison, du potager, joints à sa sollicitude pour les femmes et les enfants indigènes, l'épuisaient. Ne connaîtrait-il pas une jeune fille que ne rebuterait pas ce dur climat et qui pourrait venir la seconder ? Mac Kay lui avait déjà sélectionné deux ans auparavant un forgeron qui réalisait des merveilles. Bentley s'en remettait à lui. Une paysanne un peu dégrossie conviendrait.

D'un seul élan, toute la maisonnée se tourna vers moi.

Le 26 mars 1880, je chargeais ma petite malle sur la diligence de Glasgow, en route vers le Nouveau Monde. J'avais seize ans.

Voilà mon pays ! Je me sens aussi intimidée qu'excitée à imaginer ce qui m'attend sur cette terre nouvelle. Je ne sais pas seulement combien d'années j'y passerai. Est-ce vraiment important ? Je l'ai choisie, j'ai voulu y venir, j'y suis.

Depuis deux jours il fait meilleur, même beau. Le vent est passé au nord et nous glissons sur une mer grise, parcourue seulement de trouées de lumière qui fusent entre les nuages. Des albatros aux yeux délicatement soulignés de noir nous accompagnent, furetant dans le sillage en quête de nourriture. Délivrée de l'ignoble mal de mer qui m'a tenue au lit pendant la descente depuis le Rio de La Plata, je reste sur le pont toute la journée pour fuir l'odeur de moisi de ma cabine. L'air me semble chargé d'une indéfinissable énergie, une vivacité qui m'emplit les poumons, me donne envie de chanter, conforte ce choix déraisonnable de venir fixer ici une partie de ma vie.

Le second du bateau, M. Sellers, a toujours été prévenant. C'est lui, plus que le capitaine qui en avait été chargé, qui veille sur moi. Il m'a accompagnée quand j'ai voulu aller à terre, à Lisbonne ou à Buenos Aires, et m'a aidée à acheter un savon et deux jolies pièces d'étoffes en coton imprimé. Dans cette dernière ville surtout, il aurait été très imprudent de circuler seule. Ce pays, l'Argentine, qui fut une possession espagnole, n'est indépendant que depuis soixante ans à peine. Loin d'apporter la paix à ses habitants, cette rébellion a conduit à des guerres incessantes entre eux et contre leurs voisins. M. Sellers dit que maintenant tous les Argentins ont désigné le général Mitre pour leur chef et que la concorde va revenir. Mais il reste à Buenos Aires, leur capitale, beaucoup d'hommes démobilisés qui traînent, armés et sans travail. Il y a une autre raison qui fait régner l'insécurité dans cet étrange pays, c'est que presque tous ses habitants sont récemment arrivés d'Europe. A part quelques Indiens, cette terre était vide. Beaucoup de pauvres gens ont donc misé toutes leurs économies pour un passage sur un voilier vers cet eldorado et n'ont pas toujours été payés de retour. En plein été, dans une chaleur orageuse, au bord d'un fleuve boueux, les masures voisinant les entrepôts, on y crie dans toutes les langues. Tout cela est assez effrayant, et je suis contente qu'Ouchouaya, notre destination, soit à trois semaines de bateau de cette Babel, et sans autres habitants que notre communauté missionnaire et les Indiens dont nous nous occuperons. Après avoir préparé de l'eau et des vivres, nous en sommes partis et, au bout de quelques jours, l'horizon était aussi vide que pendant notre traversée de l'Atlantique. Impossible de se douter que nous longions une terre. Plus nous allions vers le sud, plus la température chutait, le vent se renforçait et mon enthousiasme faiblissait. Perpétuellement nauséeuse, je restais écroulée sur ma couchette.

Le petit hublot distillait une lueur verdâtre, mais peut-être était-ce mon mal de mer qui me la faisait voir telle. Souvent alors, je me suis reproché d'avoir accepté ce voyage. N'aurais-je pas mieux fait de supporter ces chipies de filles du pasteur encore quelques années, puis de prendre mon indépendance et de me placer en Ecosse comme gouvernante ? J'avais envoyé un message à Greg avant de partir, mais il était resté sans réponse. Il avait peut-être changé de ferme ou s'était établi quelque part. Si j'avais pu le retrouver, nous aurions repris Doherty ensemble, restauré la masure et recommencé notre vie d'avant.

Je ne crois pas être jolie. On s'est toujours moqué de ma maigreur soulignée par ma grande taille, et de l'inexistence de mes « appas féminins ». J'ai tout entendu : asperge, échalas, planche à pain ! Mais je sais que j'ai pour moi les très longs cheveux bouclés et les yeux verts que je tiens, disait père avec nostalgie, de ma mère, et puis je suis dure au mal et à la tâche. Avec cela, j'aurais pu me marier, et tresser à mon tour des couronnes d'aubépines ou tailler des arcs à de petits enfants. Au lieu de quoi, je me sens bien seule, en route pour une terre de sauvages.

Mais aujourd'hui, les conditions agréables chassent mes idées noires. Je suis à nouveau Emily le bon petit soldat, prête à toutes les aventures. Et comme un bonheur ne vient jamais seul, c'est pendant que je savoure cette belle lumière que M. Sellers me rejoint sur le pont, tout sourire :

— Regardez, mademoiselle Emily, voilà la terre !

Il faut une sacrée bonne vue ou le légendaire optimisme des marins pour voir un continent derrière la trace grisâtre que me désigne mon compagnon. Mais, peu à peu, une barre apparaît et monte à l'horizon, comme une bête émergeant du néant. Une falaise beige et nue se précise, ponctuée de plages de galets et, au-delà, des moutonnements à perte de vue où jouent des taches de soleil. Voilà tout ce qui m'attend. Pas un indice de vie humaine, ni hameaux, ni chemins, ni lents serpentins de fumées rassurantes, rien ici que la nature brute. J'ai presque le vertige à prendre conscience de ce vide. Le monde est grand; je me sens si petite.

Notre navire s'est rapproché de la côte « pour se recaler sur le cap San Pablo », dit le capitaine. Mais à quoi donc se repèrent-ils ? A chaque pointe en succède une autre. L'arrière-pays ressemble à mon Ecosse. Dans le lointain, je devine des montagnes. Les zones plus claires sont des prairies, des vallons que j'imagine détrempés et boueux, miroitant d'un entrelacs de ruisseaux. Les zones sombres sont des forêts grimpant sur les hauteurs. C'est sous leur couvert que des yeux nous épient sûrement. Les marins m'ont prévenue :

— On se croit dans un désert, mais ne vous y fiez pas, mademoiselle, les sauvages voient tout. On a à peine jeté l'ancre que ces faces peinturlurées sont là, qui crient comme des diables. C'est pas qu'ils sont nombreux, mais rien ne leur échappe. Oui, vous avez bien du courage. Dieu me pardonne, ces bestiaux-là n'entendront jamais rien à la religion.

Hommes de peu de foi. Dieu a créé ces primitifs comme nous. Pourquoi n'entendraient-ils pas son message ?

*

Ce dimanche, nous sommes entrés dans le canal de Beagle, baptisé du nom du navire de M. Fitz Roy, l'un de nos plus grands marins qui a longuement cartographié ces régions désertes. C'est un passage qui relie, tout au sud de l'Amérique, l'Atlantique au Pacifique, isolant la grande île de Terre de Feu de celles, plus petites, qui aboutissent au cap Horn.

Au cœur de l'été austral, le panorama est éblouissant. Au nord, s'élancent de grandes forêts qui s'interrompent brutalement à une certaine altitude, comme si on avait donné un coup de ciseaux dans la couverture sombre, pour laisser place à des faces rocheuses parsemées de plaques de neige. Au sud, des collines plus avenantes alternent bois et prairies. A l'ouest, le canal se perd dans un mystère de pics, de rocs et de sommets couverts de glaces. Le soleil, presque chaud, irradie l'ensemble, soulignant chaque détail avec une absolue netteté. Le paysage paraît briller de l'intérieur, habité de quelque âme secrète. Il m'est presque venu l'envie de pleurer devant tant de beauté.

— Ma parole, mademoiselle Emily, vous nous portez chance pour qu'on ait si beau temps dans ce maudit endroit ! La dernière fois on a mis une semaine pour embouquer le canal et déchiré trois fois la misaine ! commente le bosco.

Nous tirons lentement des bords entre les rives dans un vent faible. Courant d'un côté à l'autre du bastingage, je dévore le rivage des yeux. Il y a là quelque chose qui ressemble aux endroits que j'ai connus, mais comme amplifiés au centuple, plus indomptés, plus énergiques. Dès ce premier jour, je sens s'établir en moi un pacte profond avec cette nature. Je vais me vouer à elle et jamais elle ne me trahira. Je suis là où je dois être. Je pense une fois encore à Doherty, Greg et père, mais c'est sans regret. Ces lieux seront comme un écrin de beauté à mes pensées pour eux, digne de leur souvenir. Je ne veux pas vivre dans la nostalgie. Même si je me reproche de devoir maintenant faire un effort pour évoquer les cheveux drus de père, sa barbe noire et les plis de sa bouche tirant tristement vers le bas, même si je peine à imaginer Greg en homme accompli, entouré d'enfants, je sais que mon avenir n'est pas là et qu'il me faut garder leur image dans une boîte à souvenirs, dans un recoin de ma tête, et faire place nette pour ce futur qui se présente à moi.

— Capitaine, ne verrons-nous pas quelques natifs ? On dit qu'ils viennent facilement à la rencontre des bateaux pour mendier des cadeaux.

— Ne soyez pas trop pressée, mademoiselle, je ne sais pas ce que l'on vous en a dit, mais ces types ne sont pas toujours fréquentables. Tenez, l'île devant ; on l'appelle Gardiner, du nom du premier évangéliste qui a voulu s'y établir. Ces Indiens lui ont mené la vie dure, volé toutes ses affaires et failli les tuer, lui et ses cinq compagnons. Ils ont fui, dans la baie Sloggett que nous avons passée ce matin. Eh bien, croyez-moi si vous voulez, mais ces sauvages les ont laissés mourir de faim pendant tout l'hiver. On les a retrouvés des mois plus tard, Dieu me pardonne, raides comme des cierges. Encore heureux qu'ils ne les aient pas dévorés.

— Mais ils ne sont pas anthropophages !

— Ça n'est pas sûr. On dit qu'en cas de famine, ils mangent les vieilles femmes qui ne servent plus à rien. Ils s'attaquent aux anciens, mais ils épargnent leurs chiens pour pouvoir chasser ! Vous pensez ce que vous voulez, mais sauvages un jour, sauvages toujours. Moi je me sens aussi bien à ne pas les fréquenter de trop près.

— Sans doute, ces gens sont-ils à l'état de nature, proches des bêtes sauvages et la compassion ne les habite pas, mais le révérend Mac Kay m'a dit que l'on colportait aussi beaucoup de contrevérités. En particulier, ils ne sont pas anthropophages.

Le capitaine réplique sèchement :

— Bien, on en reparlera à mon prochain passage. Six mois devraient suffire pour vous faire une idée sur vos protégés. Maintenant pardonnez-moi, je dois vérifier notre route.

Je me sens soudain envahie de tristesse. Tout le monde à bord a entendu notre altercation et nul, même M. Sellers, ne m'adresse plus la parole, comme si j'avais justifié des pratiques barbares.

Le soir s'étend avec une infinie lenteur, le ciel et le canal se couvrent tour à tour de rose, de fuchsia et de magenta. Le vent tombe et nous restons encalminés au milieu de cet univers de couleurs. Aucune ride sur l'eau, aucun bruit sur la berge, rien ne trouble cette splendeur. Mais la sérénité m'a quittée.

Nous naviguons encore une journée, entr'apercevant une seule fois trois canoës au loin qui slalo- ment derrière les îles. Ils ne s'approchent pas et je n'ose plus rien dire. La nuit suivante, je suis réveillée par le bruit de l'ancre. Sans lune et avec un ciel couvert, on ne distingue rien de la berge.

*

En plein été, les nuits, comme à Doherty, ne durent guère plus de trois ou quatre heures. Dès que l'aube blanchit je me précipite pour voir mon nouveau cadre de vie. J'ai une bonne impression. La baie d'Ouchouaya est bordée de hautes montagnes, l'inévitable forêt occupe presque tout le pourtour à l'exception de collines basses, à l'ouest, prolongées d'îlots qui isolent le fond de la baie du canal, formant ainsi un vaste port naturel bien protégé. C'est sur ces collines qu'est bâtie la mission. Peu de chose en fait, un débarcadère, un chemin, du côté gauche sur la hauteur trois maisons de brique et de bois, entourées chacune d'un enclos, un peu à l'écart un édifice plus grand, visiblement en construction, qui doit être le temple pour lequel le révérend Bentley réclamait des fonds. Près de la rive, quatre autres maisons, construites seulement en bois, ont déjà l'air abandonnées et, leur faisant face, une dizaine de huttes. Voilà pour le « village ». Au bord de l'eau, au milieu de grandes algues brunes, quelques fins canoës. Des chiens se bagarrent bruyamment. Malgré l'heure matinale, des personnes vont et viennent entre les huttes. Mes premiers Yamanas ! Puisque c'est ainsi que se nomme cette tribu. Malheureusement, nous sommes à l'ancre loin de la plage en raison des faibles profondeurs, et je vois mal.

Sur le bateau, on me bat toujours froid. Ces hommes ont la rancune tenace. Je ronge mon frein pendant des heures en attendant que tout le monde s'ébroue, que l'on monte sur le pont ma malle et les caisses innombrables que nous apportons. Enfin, vers huit heures, le canot est mis à l'eau.

— Bienvenue, ma chère Emily ! Dorothy et les enfants vous attendent avec impatience. Grâce à Dieu vous avez fait bon voyage.

J'ai du mal à reconnaître dans l'homme qui me tend la main le favori du pasteur Mac Kay. Certes, c'est bien cette silhouette de taille moyenne, un peu corpulente, ce crâne qui commence à se dégarnir et cette barbe fournie, qui avaient enchanté quelques soirs à Grenook, mais l'impression est toute différente. Est-ce la vie dans ce bout du monde qui l'a ainsi transformé ? Son début d'embonpoint paraît ici une masse dense et musculeuse, les mains sont larges et crevassées, les manches retroussées laissent voir des veines saillantes serpentant sous une peau burinée, le visage est rougi et les yeux injectés. Il se dégage de l'ensemble du personnage une impression mixte de solidité et d'usure. Il me fait immédiatement penser à ces gros rocs isolés qui parsemaient les champs à Doherty, massifs, inébranlables et pourtant sillonnés de fissures et de crevasses témoignant des attaques du temps.

J'ai à peine le temps de balbutier un remerciement qu'il ne s'occupe plus de moi pour entrer en grande conversation avec le capitaine à propos de l'Angleterre. Je ne suis pas invitée à m'y mêler mais je n'en aurais sans doute pas été capable, tant le spectacle du côté des huttes me sidère. Ces êtres sont affreux ! J'avais vu, dans les livres du révérend Mac Kay, que les indigènes ont des morphologies bien différentes de celles des personnes civilisées. Mais à ce point, il est difficile de penser que nous avons quelque chose en commun avec cette race misérable. Ils sont petits, guère plus d'un mètre soixante, mais surtout, disproportionnés, le tronc démesuré par rapport à des membres grêles. Leurs jambes sont particulièrement malingres et sans finesse. Mais ce sont leurs visages surtout qui signent l'appartenance à une race inférieure : une bouille ronde, une large et vilaine bouche, de lourdes paupières noyées sous une tignasse noire qui, bien sûr, n'a jamais vu un peigne. A part quelques enfants, ils ont le regard éteint et leurs petits yeux noirs sont fuyants. Cette impression de déchéance est renforcée par leur habillement. Presque tous sont vêtus, mais je n'ose dire que c'est « à l'européenne ». Les hardes qui les couvrent doivent être celles que nous avons collectées à grand-peine, mais elles sont méconnaissables. Crasseux, déchirés, parfois réduits en lambeaux dont ils se drapent comiquement, ces vêtements renforcent l'impression d'abandon et de déchéance. De toute façon, avec leur morphologie différente, nos habits, sur eux, ne peuvent que flotter par endroits pour s'étirer ailleurs. Leur peau est de couleur bistre clair. Chez les jeunes, elle paraît encore à peu près lisse, mais chez les deux vieilles qui sont sorties pour m'examiner, on dirait du parchemin. Qui plus est, ces femmes-là sont quasiment nues. Seul un tissu cache leurs parties honteuses et leurs tétines triangulaires pendent sans pudeur. Je ne m'attendais pas à trouver la beauté chez ces primitifs, mais ce que je vois dépasse l'entendement. Comment leur faire entrevoir quelques lumières, si leurs esprits sont à l'unisson de ces corps dégénérés ?

Je n'ai pas le temps de m'attarder. M. Bentley, qui est déjà parvenu en haut de la colline, me hèle et je m'enfuis avec soulagement.

Je me réfugie dans la maison du révérend comme dans un havre. De l'extérieur elle ne paye pas de mine, sous-bassement en brique, murs en bois, toit en tôle, elle n'a pas le côté rassurant des bons murs de pierre de Doherty, ni bien sûr, la classe de la façade crépie de Grenook, mais la porte poussée, je retrouve la chaleur du foyer de mon enfance. J'entre dans une vaste pièce où brûle un feu qui reste nécessaire même au cœur de l'été. Deux bahuts, un vaisselier, une longue table et une dizaine de chaises ont dû, à voir leur facture plus soignée, faire le voyage depuis l'Angleterre. Le reste, plancher, étagères, tabouret, desserte, a l'aspect brut et noueux du hêtre local que j'apprendrai à connaître. A l'inverse de la maison Mac Kay qui croulait de tapis, de cadres et de bibelots, je trouve ici un dénuement plaisant. Rien aux murs, le spectacle est assuré par les fenêtres qui donnent à l'est sur la baie et les hauteurs tourmentées. Je respire cette odeur de ferme, de bois, de suint, d'humidité, de relents de cuisine et d'humains entassés. Aux quatre coins, quatre portes – trois donnent sur les chambres et la quatrième sur la buanderie et la resserre.

Une petite femme blonde, aussi maigre et pâle que son mari est enveloppé et hâlé m'accueille : Dorothy Bentley.

— Ma petite Emily, enfin ! Je suis si soulagée de vous voir. Tenez, faisons un thé pour ces messieurs.

Je n'aime pas beaucoup que l'on m'appelle « ma petite », surtout qu'en l'occurrence, je suis plus grande qu'elle. Mais elle me fait déjà pitié avec son air exténué, débordée par un mari énergique qui engage trois chantiers par jour. Elle est là pour l'amour de Dieu et de cet homme. Je comprends intimement sa volonté désespérée d'être à la hauteur de la tâche qui me rappelle le pacte des « trois de Doherty ». Me voilà immédiatement un nourrisson sur un bras, pêchant de l'autre les tasses et le lait.

— Fillettes, venez saluer votre gouvernante !

J'ai peine à ne pas sourire. Gouvernante ! Dans cette bicoque au milieu de nulle part, loin de toute société ! En s'accrochant aux us et coutumes de son monde, Dorothy, je m'en apercevrai plus tard, réussit à tenir à distance la sauvagerie de cet environnement. Dehors le froid, les sauvages, le vent furieux sur le canal, dedans son foyer, des enfants courtois, l'argenterie de son mariage et le service à thé. La femme du révérend filtre la réalité, l'expurge mentalement de tout ce qui s'écarte de la vie qu'elle aurait dû connaître au cœur du Sussex ou du Hampshire. Parfois elle me fera penser à une enfant racontant des chimères à sa poupée.

Deux petites filles sont sorties d'une chambre. N'était leur âge différent, neuf ans pour Mary et cinq ans pour Beth, elles pourraient être jumelles ; petits corps fragiles, nattes blondes, yeux de porcelaine, elles paraissent aussi déplacées ici que moi en « gouvernante ». J'ai juste le temps de noter que Mary me regarde par en dessous d'un air contrarié, quand Beth accourt me planter un baiser en riant. Je n'ai guère le temps de m'y attarder, il faut desservir le thé, écosser des haricots, changer le bébé. Durant les semaines de mer, j'ai développé une sorte de léthargie, en phase avec le moutonnement perpétuel de l'océan. J'ai plaisir à m'en arracher, je retrouve la vraie vie. La maisonnée ne doit sa survie qu'à l'acharnement des uns et des autres. Ici, personne pour nous couper le bois ou porter l'eau, soigner les bêtes et le jardin, coudre les vêtements. Il n'y a rien qu'une poignée d'êtres luttant pour garder un semblant de civilisation dans ce désert.

Le dîner sera joyeux. Le révérend Bentley a résolu d'offrir un repas à toute la colonie. Les enfants couchés, je découvre ceux qui vont accompagner ma vie future. Outre le capitaine et le second, se serrent autour de la table Joachim et Harry, les deux garçons de la famille, que l'on traite déjà comme des adultes, John Doodle, le catéchiste célibataire qui loge avec nous, Elisa et Samuel Pierce, le forgeron envoyé par Mac Kay, et deux autres couples, les Simley et les Meesh dont les maris font office d'agriculteurs, de menuisiers et d'hommes à tout faire.

— Remercions le Seigneur pour votre voyage sans histoires et l'arrivée de notre chère Emily. Qu'avec Son aide, nous portions plus haut Sa parole. Fortifions-nous les uns les autres pour que Sa gloire éclate jusqu'en ces recoins oubliés du monde et ramène à Lui les peuples de la terre. Amen.

Un silence solennel s'ensuit. Chacun repense, je crois, à sa propre arrivée et à son destin, si loin de sa patrie. Puis la conversation roule encore et toujours sur l'Angleterre. Tous sont avides de connaître les faits et gestes de notre reine Victoria, les nouvelles de l'Empire des Indes ou du Canada, et mille autres choses qui leur sont totalement inutiles. Le capitaine est ravi d'être au centre des conversations. Le révérend se découvre deux enthousiasmes : l'un pour les machines à vapeur dont il rêve de faire venir un exemplaire pour développer la scierie, l'autre pour une théorie récente qui permet de déduire les facultés intellectuelles des êtres grâce à la forme de leur crâne. Ce serait d'une grande utilité ici, pour étudier les autochtones et même déterminer ceux qui seraient les plus aptes à l'éducation. Les femmes me supplient de leur décrire par le menu la maison du révérend Mac Kay, la couleur des tapis, le motif des assiettes. Je m'aperçois que je l'ai presque déjà oubliée, mais mon imagination y supplée. Plus tard, l'une ou l'autre me redemandera certains détails ou émettra un commentaire. Rien ne leur aura échappé, comme si ces pauvres paroles les rassuraient, leur conservaient la capacité de revenir un jour au pays sans paraître sottes. Leur curiosité m'agace et me paraît bien vaine. Mais dans quelques années, ne sera-ce pas moi qui harcèlerai une visiteuse, curieuse de ces futilités ? Cette idée me met si mal à l'aise que je demande la permission de me retirer, prétextant la fatigue du voyage.

*

La fenêtre de ma chambre ouvre au sud-est. La vue couvre loin sur le canal de Beagle. Tout est gris ce soir et de gros nuages en forme d'œufs s'empilent. Rien n'est donc habituel, ici, pas même les nuages ! Les montagnes se reflètent en majesté dans une eau lisse, créant une troublante symétrie. Les fillettes dorment ensemble dans le grand lit. Beth couchée sur le dos, abandonnée, les mains ouvertes, ronfle légèrement. Mary est au contraire pelotonnée en chien de fusil, poings serrés, comme tendue au cœur même de son sommeil. J'occupe le petit lit, juste sous la fenêtre, ce qui me permet de voir le ciel qui s'assombrit lentement et me rappelle Doherty en été. Des échos de conversation, un ou deux jappements, un piaulement d'oiseau, rien d'autre. Pour la première fois de ma vie, je peine à m'endormir. Tant que durait le voyage, j'avais encore le sentiment de pouvoir faire machine arrière, rien n'était figé, chaque jour un paysage différent, les escales, la découverte de la mer. Maintenant me voici comme un arbre transplanté qui doit faire de nouvelles racines. Je me rends compte que j'ai pris goût au bouillonnement de la ville et de la maison des Mac Kay. J'ai des sentiments contradictoires. D'un côté, cette nature me parle, m'attire, m'envoûte. Je m'y sens déjà en connivence. De l'autre, une sorte de vertige me prend à m'imaginer ici toute ma vie, avec pour seul horizon les mêmes dix personnes et des troupes d'Indiens dégénérés.

— Mademoiselle ! Je peux venir dans ton lit ! J'ai peur !

Je ne me suis pas sentie m'endormir et je devais être en plongée profonde car je n'ai pas entendu le vent se lever. Les bourrasques secouent la maison. On les entend d'abord frapper la forêt, gronder, puis faire trembler la fenêtre. J'ai l'habitude des tempêtes écossaises, mais le vent ici paraît plus sauvage et imprévisible. Il s'arrête souvent brutalement, laissant planer un silence inquiétant qui vrille les nerfs. On dirait un fauve qui tourne autour de sa proie et se ramasse avant de bondir.

Une boule tiède s'est insinuée sous la couverture, niche sa tête dans mon cou.

— Je ne suis pas mademoiselle, je suis Emily. Pourquoi as-tu peur ? Tu es au chaud, dans ton lit avec Mary !

— Mary, elle veut pas me prendre dans ses bras et moi je veux !

Contre ma peau, je sens son visage humide de larmes.

— Pourquoi as-tu peur ?

— C'est le vent, il va casser la maison, il gronde, tu entends ? Rosy dit que c'est Hanush, l'homme sauvage des forêts. J'ai peur qu'il me prenne car il emmène les gens et les noie.

— Je ne sais pas qui est Hanush, ni Rosy, mais je crois que ce sont des fadaises. La maison est solide et le bon Dieu nous protège.

Mais Beth a gagné la partie. Cette nuit-là, lovées l'une contre l'autre, nous scellerons un pacte qui ne se démentira jamais, elle repoussant ses peurs d'enfant, moi mes questions sans réponse.

Deux jours durant, le vent s'est enragé dans la baie et je suis peu sortie. La pluie incessante a tant obscurci l'atmosphère qu'il faut allumer les lampes pendant la journée. La pièce a l'air d'un cocon ballotté au bout d'une branche, on jurerait voir les murs ployer sous les assauts. Dorothy est nerveuse, sursaute quand le vent fait craquer les tôles du toit, passe du coq à l'âne, astiquant l'argenterie, puis laissant tout en plan pour préparer une barrique de chou, revenant à ses couverts, houspillant les filles. Comment a-t-elle pu tenir durant toutes ces années, s'il lui a fallu lutter ainsi contre cet environnement ? De temps à autre, la porte s'ouvre et paraît se dégonder tant le souffle la rabat avec violence. C'est l'un des hommes qui vient chercher un outil ou un peu de thé chaud. Malgré l'ouragan, ils travaillent sous le couvert de la forêt, sciant et bûcheronnant. La scierie est, avec l'élevage, la grande affaire de notre petite colonie, ce qui nous permet de gagner de quoi vivre, car les dons sont loin de suffire. Le pasteur ne ménage pas ses efforts pour faire de l'un et de l'autre des modèles d'efficacité et de rendement, dont il rêve de transmettre un jour le goût aux Indiens. Deux fois par an, nous affrétons le bateau pour livrer le bois aux îles Falkland, où il manque cruellement.

*

La tempête est passée. Après quelques grains plus violents encore, le ciel s'est soudain immobilisé et un concert d'oiseaux a explosé, saluant ce repos. Ce matin, nous descendons au village indien voir comment ils ont supporté le mauvais temps et leur apporter quelques secours. J'avoue y aller avec un peu de répugnance. A notre approche, les enfants s'agglutinent et les deux vieilles de l'autre jour sortent, accompagnées d'un jeune homme d'une assez belle stature à qui Dorothy s'adresse d'emblée.

— Alors, Aneki, comment ça va ? Comment vont ta grand-mère et ta grand-tante ?

Les vieilles nous regardent droit dans les yeux, sans un mot, sans ciller. La « grand-mère » a des taies qui lui font la pupille pâle, délavée, presque spectrale, mais cela ne semble pas entacher sa vision. Dès qu'un bruit survient, les yeux tournent dans leurs orbites sans que la tête bouge, semblant évaluer un risque, puis reviennent me scruter. L'expression des vieilles n'est pas hostile, il y a un mélange de tristesse, de curiosité visible à mon égard, et presque une certaine bienveillance. Mais ces regards posés sur moi me gênent plus que je ne le voudrais. Je fais mine de m'enquérir de Beth qui, elle, est déjà au milieu des enfants qui lui tripotent la tête.

Le jeune Yamana parle d'une voix basse, les syllabes peinent à sortir de sa bouche, hésitantes ou bousculées.

— Les hommes… vont bien. Le dauphin a claqué la queue, alors la tempête est passée. L'enfant a faim, très faim.

Dorothy m'avait prévenue qu'Aneki parlait un peu notre langue et qu'elle l'utilisait pour s'adresser aux autres. Tout enfant, ses parents sont morts. Le père est tombé d'une falaise en allant chercher des œufs de cormoran et, peu après, la mère s'est laissé piéger dans les algues immenses avec lesquelles elle arrimait, c'était son rôle, la pirogue. C'est un accident fréquent lorsqu'il y a trop de courant. Aneki a été emmené par les missionnaires aux îles Falkland pour être éduqué. Avant que ne soit créée la mission d'Ouchouaya, nos prédécesseurs ont essayé de préparer le terrain pour une implantation ici, en donnant à quelques sauvages des rudiments de religion et de culture. Malheureusement, en rentrant chez eux, la plupart semblent avoir tout oublié et reprennent leur vie primitive. Aneki y a passé quatre ans, mais à le voir fagoté dans un pantalon en lambeaux, son torse nu couvert de crasse et sa tignasse comme un bloc compact posé sur un visage tout en longueur, il me vient l'idée que ces efforts ont été bien vains. Je repense à la phrase du capitaine : « Sauvage un jour, sauvage toujours. »

— Allons voir ! suggère Dorothy, sans enthousiasme.

Nous nous plions pour pénétrer dans la hutte, ou ce qui pourrait être nommé comme tel. J'avais vu des dessins des wigwams des Indiens d'Amérique du Nord, dans les livres du pasteur Mac Kay, belles tentes tendues sur de longues perches. Rien de tel ici. La terre est à peine creusée et repoussée sur les côtés, formant un monticule en arc de cercle où croissent des herbes folles. Des milliers de coquilles vides et d'os s'empilent dessus, dégageant une forte odeur de décomposition. Sur cette dérisoire barrière au ruissellement, des branchages sont entrelacés et recouverts de peau d'otarie, de terre et d'algues pour boucher les trous. 1,80 mètre de haut, pour 3,30 mètres de diamètre environ, et là-dedans peuvent s'entasser jusqu'à quinze personnes. La plus âgée nous a précédées en soulevant la peau qui sert de porte. L'intérieur est totalement enfumé, le feu posé sur des pierres ventile mal malgré l'orifice central. La « pièce » est quasiment vide : deux petits arcs et un carquois de lianes, quelques paniers assez finement tressés, une lance et des paquets peu identifiables entourés de feuilles, enfin une banquette d'herbes occupent la moitié de l'espace. Là, est étendu un enfant quasiment inerte, ventre ballonné, membres que l'on pourrait briser d'une pichenette, des yeux clos suintants. Un air de mort rôde.

— Faim, pas de pêche pendant la tempête, les oiseaux se cachent, les animaux partent loin dans la forêt.

Aneki a pris l'enfant dans ses bras avec une délicatesse surprenante. Il frotte son nez contre le sien. Le petit ouvre des yeux épuisés et rouges de fumée mais n'esquisse aucun mouvement. Le jeune homme pioche dans un paquet une baie qu'il essaye de forcer entre les lèvres de l'enfant. Mais celui-ci la repousse. Les larmes me viennent. Je ne sais si c'est la fumée ou ce spectacle désolant.

— Aneki pas de pêche ce matin, les poissons pas revenus, maugrée le garçon, tête baissée.

— Va travailler au bois avec le révérend et tu auras de la farine, lance Dorothy.

— Aneki pêche, va pas au bois.

La femme du pasteur ressort avec un geste d'impatience.

— Viens au moins fendre des bûches pour nous ce soir et je te donnerai du lait pour lui.

Je reste quelques instants à l'intérieur. Et si au lieu de voir le jour à Doherty, j'étais née ici ? C'est moi qui me pencherais sur cet enfant débile ? Impossible. Je suis d'une race de combattants et de pionniers. Notre terre d'Ecosse n'était sans doute pas plus accueillante pour nos ancêtres, mais ils se sont battus. Ils ont érigé des maisons de pierre pour résister au vent, ils ont dompté et élevé les animaux, semé et cultivé. Ils se sont hissés au-dessus de leur condition, quand ici les gens se contentent de vivre à peine mieux que les bêtes.

Dehors, Beth et les gamins lancent des cailloux à grands cris sur le rivage. Elle a ôté ses chaussures et le bas de sa robe est déjà frangé de boue, une enfant parmi d'autres, n'étaient ses vêtements parmi des petits corps nus.

Nous circulons au milieu de deux douzaines de huttes. Certaines sont abandonnées.

— Avec l'été, beaucoup de familles sont parties dans les îles pour se nourrir. Même ceux qui restent délaissent périodiquement leurs habitations pour en fabriquer une autre. Je ne saurais dire pourquoi.

— Et Aneki n'est pas parti ?

— Il est revenu, il y a deux semaines. Sa grand-mère est un peu sorcière et ils ont eu à Wulaïa quelque cérémonie d'initiation. Il m'a dit qu'il attendait la femme qu'il s'est choisie, maintenant qu'il en a le droit. Quant à l'enfant, il est de sa parentèle, une femme morte en couche ou que sais-je. Les liens familiaux ne sont pas toujours très clairs, mais au moins ils se portent facilement assistance.

Aneki va donc se marier. L'idée m'amuse. Que peut bien être un tel sacrement chez ces Indiens ?

— Il doit être un peu plus jeune que vous, mais il a l'âge et les deux vieilles ne peuvent plus pagayer, il faut qu'il en trouve une plus jeune. Les femmes sont les seules à manœuvrer les pirogues et à savoir nager, les hommes manient le harpon. Il faut les voir un jour, ils sont très adroits, indique encore Dorothy.

*

Le lendemain, au petit jour, je suis réveillée par des coups sourds derrière la maison. Aneki a décidé de travailler. L'aube est pure, le ciel rose. Le garçon, vêtu seulement d'un cache-sexe, fend avec régularité de lourdes bûches. Malgré l'effort il y a beaucoup de grâce dans ses gestes. Il commence par palper la pièce de bois comme s'il caressait un animal, je jurerais même qu'il lui parle. Puis il la dresse et abat la hache avec précision, l'air paraît vibrer derrière le tranchant de la lame, deux fois, trois fois les coups claquent. Il prend ensuite chaque bûche avec autant de délicatesse qu'il tenait l'enfant hier, et la couche sur un lit d'herbes qu'il a préparé. Il fera montre ce matin-là d'une résistance incroyable. Il poursuit son travail de trois heures à onze heures, tant qu'il reste quelque chose de l'énorme tas de bois. Aneki est l'un des mieux proportionnés parmi les Yamanas. Pour la première fois, j'ai l'impression que cette silhouette fine et musclée correspond à l'idée que je me faisais d'un sauvage avant de partir d'Ecosse. Mais son attitude est décourageante, il est buté sur son ouvrage. La maisonnée va et vient autour de lui, il ne voit personne, ne parle pas, il est dans un monde qui n'est fait que de troncs et de coupes, incapable d'un mot ou d'un sourire. Et dire qu'il est un de ceux qui parlent le mieux anglais et sur qui le révérend compte pour amener ses semblables à plus de civilité !

Il me vient la désagréable pensée que si j'avais mieux connu cette race, je n'aurais peut-être pas accepté ce voyage. J'ai sans doute perdu toute chance de revoir Greg et Doherty, et pour quel bénéfice ?

— C'est bien, Aneki ! Passe voir Dorothy qui va te donner du lait et de la farine, suggère le révérend.

— Pas de farine, ce n'est pas bon, une robe pour ma femme, une rouge.

Le jeune homme a les yeux qui pétillent soudain.

— Holà ! Comme tu y vas ! Oui, j'ai entendu dire que tu te mariais, c'est bien. Mais je ne distribue pas les vêtements comme cela. Amène-la au temple régulièrement et nous en reparlerons à Noël.

— La robe ! Chakalouchouloupipa en a besoin et sa mère aussi, il lui faut un cadeau.

— Tu m'embêtes, Aneki, ne compte pas sur moi pour faire des cadeaux à toute ta future famille ! Le lait, la farine ou fiche le camp !

— La robe, pasteur.

— N'abuse pas ou je me mets en colère et je te corrige. Tiens, pour ton mariage, demande aussi 6 œufs et 10 boutons à ma femme. Allez, file !

Le garçon part en maugréant. Je prends mon courage à deux mains :

— Révérend, pourquoi lui avez-vous refusé ce qu'il demandait ? Il y a quantité de vieux vêtements qui lui auraient fait plaisir.

— Ma chère Emily, votre générosité vous honore, mais ce n'est pas leur rendre service que de céder à leurs caprices. Comme les enfants, ils doivent apprendre à se gouverner. Si je lui donne à lui, j'aurai les jérémiades de tous les autres immédiatement. La distribution de vêtements est un petit subterfuge pour les amener au temple et je crois que Dieu me le pardonne. Ne vous inquiétez pas, dans quelques minutes il aura tout oublié. Ils adorent les œufs de manchots, j'en fais venir des milliers des Falkland, quand le bateau vient prendre les planches. Six œufs c'est un beau cadeau. Et plus encore les boutons dont il fera un collier. Sa promise va être gâtée !

*

Me voilà donc patagonne ! J'investis peu à peu ma nouvelle vie. Le pasteur me traite comme l'un de ses enfants, mais avec Dorothy c'est plus difficile. Elle s'attache à des broutilles, me demande cent fois de l'aider à un ménage imaginaire, peste qu'elle préférerait faire de la tapisserie plutôt que soigner des Indiens malodorants. Quand les hommes rentrent sales et hirsutes de la scierie, elle pince les lèvres sans oser rien dire, mais se répand en aparté en jérémiades. Je trouve donc tous les prétextes pour être dehors et je suis aidée en cela par un été somptueux, le meilleur jamais vu ici, dit le révérend. Les matins sont limpides et calmes. Ponctuel, le vent se lève vers onze heures jusqu'au soir. Il dévale des montagnes du nord, frais et folâtre. Le canal est sublime, les eaux bleu marine retroussées de moutons blancs. Des nuages inoffensifs se poursuivent dans les collines, donnant une vitalité brute à ce paysage. Il flotte un mélange d'odeurs de varech et de terre chaude.

Je m'entends bien avec Joachim, le plus jeune des garçons. Harry l'aîné a deux ans de moins que moi et je devrais en être plus proche, mais il a bien peu de finesse au physique comme au mental. Ce sera un grand gaillard, il me dépasse déjà, trapu comme son père, caboche ronde, cheveux plantés à la diable, deux gros yeux noirs, un cou de jeune taureau et des battoirs en guise de mains. Il a pour lui d'être un travailleur infatigable, tout le temps à cheval pour chercher le bétail, et d'une piété que j'admire chez un garçon si jeune. Dorothy se plaint qu'il empeste la vieille sueur en permanence.

Joachim tient de sa mère un physique plus svelte et on ne sait d'où un humour ravageur. Il a comme son frère de grosses mains, mais un visage plus régulier et de très beaux yeux gris dont la nuance varie avec la lumière des jours. De quatre ans mon cadet, il m'a prise sous son aile en quelque sorte, pour me faire découvrir cette terre qu'il aime visiblement à la folie. Joachim, les filles et moi partons donc presque tous les après-midi cueillir des fruits. Les *calafates*, sortes de myrtilles locales, sont nos favoris, les collines en regorgent et nous nous empiffrons autant que nous remplissons les paniers. Le garçon, qui persiste à m'appeler « mademoiselle », bien qu'il me tutoie, se plaît à faire mon éducation.

— Hé ! Mademoiselle, regarde où tu marches, c'est un lit de framboises ici ! Ma parole on nous a donné une gouvernante aveugle !

Il a raison. Mais la mousse est si épaisse et dense que les petits fruits cachés sous une corolle en étoile passent inaperçus.

— Tu vas voir si ta gouvernante aveugle n'est pas capable de faire des puddings que tu me supplieras de te préparer !

Nous dénichons aussi des variétés de cassis sauvages et une sorte de petit raisin un peu spongieux mais très comestible.

— Mademoiselle, tu sais pourquoi ce raisin a cette texture ? C'est Quisenasan qui me l'a dit. Parce que, comme cela les fruits ne gèlent pas l'hiver et qu'on peut continuer à les ramasser même sous la neige.

Quisenasan est l'un des Indiens que le révérend emploie le plus souvent, il lui a même donné l'une des cahutes à côté de l'embarcadère et tente de l'intéresser au jardinage. Il est de très bonne volonté mais refuse d'utiliser l'anglais qu'on a pourtant essayé de lui inculquer.

— Comment peux-tu dire cela, Quise ne parle pas un mot d'anglais !

— Oui, mais moi je parle yamana.

— Toi ?

— Bien sûr, comment peut-on espérer toucher ces gens si on ne se comprend pas ? J'apprends avec Aneki, Quise et tous ceux qui veulent bien. J'ai un cahier avec déjà cinq cents mots et j'en marque tous les jours de nouveaux.

Décidément, ce garçon est étonnant. Il me montre comment débusquer les pics de Magellan qui ont la tête rouge comme une goutte de sang ou les gros martins-pêcheurs à ventre roux qui guettent leur proie des heures durant, à différencier le chant du merle de celui du quiscale, à dénicher les chouettes chevêchettes qui sommeillent sur les branches. Il me parle des fleurs qui abondent, des algues qui se mangent, et du « pain des Indiens », ce champignon qui forme de grosses excroissances sur les hêtres et qu'adorent les Yamanas. En tout, il paraît déjà bien savant et je repense avec mélancolie à père qui discourait sur les herbes et leurs vertus. Sur le moment, ces journées bucoliques m'apparaissent normales, aussi normales que mon enfance solitaire à Doherty. Une seule fois dans ma vie, je connaîtrai à nouveau la paix d'un tel été, ce sentiment d'être à ma place, au sein de la nature, auprès de mes semblables et sous le regard bienveillant de Dieu. J'ai enfin une famille, il m'a fallu partir au bout du monde pour la trouver. Quand, au retour, nous chantons en chœur les comptines écossaises que je leur ai apprises, l'écho de nos voix unies sur le silence du canal me fait monter les larmes aux yeux.

*

Notre devoir de charité nous amène trois matinées par semaine dans le campement. Il y a chez ces gens un mélange de mouvement permanent et de quiétude. La population varie tout le temps, passant du simple au triple sans raison, les huttes sont construites et reconstruites à quelques mètres par les mêmes familles, la porte change de sens selon la direction du vent. Il y a tout le temps quelque chose à cuire sur les braises du foyer ; poisson, petit rongeur, coquillages, et chacun se sert tout au long de la journée. Les chiens vocifèrent, les enfants hurlent, parfois les adultes aussi, mais on peut également en trouver quelques-uns assis, ne faisant rien d'autre que de contempler le canal, fixant les îles d'en face avec un sourire extatique. Aneki, que j'interrogeais un jour sur ce qu'il regardait, m'a seulement répondu :

— C'est beau, beau mon pays.

Aneki a accueilli sa femme ! Elle est très vilaine, grasse et lippue, et a au moins le double de son âge. Mais c'est la coutume chez les jeunes hommes, car une femme expérimentée est utile à la pêche. Je les vois souvent passer dans le canal, elle à l'arrière avec la pagaie et lui à l'avant, le harpon pointé. C'est un assez joli tableau que ce minuscule esquif dans ce paysage sans limite, et la force de ces deux êtres entièrement tournée vers leur subsistance. Ils doivent avoir du succès car l'enfant se porte mieux et leur hutte accueille six autres personnes en plus des deux vieilles. Je n'ose penser à la promiscuité dégoûtante des nuits, entassés à dix sur la même paillasse.

Je trouve beaucoup de plaisir en compagnie d'Elisa Pierce, la femme du forgeron. Elle a tout de la matrone campagnarde, petite, boulotte, sa robe fermant avec des épingles, le tablier tenu par une ficelle, deux joues rouges comme des pommes d'api sous un chignon de travers. Son grand cœur, dans cette enveloppe rustique, ne plaît pas à Dorothy qui la juge souillon et accueille du bout des lèvres les innombrables gâteaux qu'elle apporte pour les filles. Le couple Pierce, qui a dans les quarante-cinq ans, est visiblement en mal d'enfants. C'est sans doute pour cela qu'Elisa s'est vouée aux petits Yamanas. Sans se soucier de la réprobation elle les attire à coups de sucreries et de babioles, les débarbouille, ravaude leurs hardes quand ils en ont, leur fait chanter des psaumes et les met à de petits travaux. Je termine systématiquement ma tournée du village chez elle où s'ébattent douze ou quinze têtes brunes.

— Ma parole, Elisa, c'est une vraie école ici !

— Pensez donc, leur toilette m'occupe déjà suffisamment, non ce n'est pas une école, juste une salle de bains, s'amuse-t-elle.

La graine semée par Joachim a dû commencer à lever.

— Alors, je vous aiderai, Elisa. L'éducation des enfants peut être un grand avantage pour toucher le cœur de ces gens. Sélectionnons les plus aptes et je vous promets de m'en occuper.

Me voilà donc devenue institutrice, ou quelque chose d'approchant ! Plusieurs heures par semaine, j'enseigne l'anglais à une dizaine d'enfants de huit à douze ans et j'y trouve beaucoup de plaisir. Les Yamanas ont une extraordinaire faculté d'imitation qui aide à leur apprentissage. J'essaye aussi d'utiliser leur goût pour le jeu. Je leur nomme des objets, puis les cache. Ceux qui les retrouvent et en donnent les noms sont récompensés. Les progrès sont spectaculaires et m'amènent à réviser mon jugement sur ce peuple. En s'adressant aux jeunes, qui ne sont pas encore figés dans les comportements du passé, avec beaucoup de patience, il sera possible de faire entrer la civilisation chez ces êtres de nature.

Je suis Cushinjizkipa, du pays de Yeskumaala, près, tout près du bout du monde.

J'ai jeûné jusqu'à ce que mon corps soit transparent comme l'aube.

J'ai veillé jusqu'à ce que Watauineiwa s'empare de mon esprit, comme le grand orque court sur sa proie. Car Hainola-l'orque est le bateau qui amène l'esprit au Yekamush pour qu'il dise l'ordre de toutes choses.

Le temps est venu de construire la hutte pointue. Le temps est là pour que les enfants passent de l'autre côté de leur jeune âge. Je suis la gardienne de ce temps.

Nous avons apprêté les garçons et les filles avec des peintures blanches et noires pour que l'esprit les saisisse. Aneki est de ceux-là.

Nous avons tué l'oiseau blanc pour revêtir leurs têtes de son plumage.

Nous avons hurlé comme le vent dans les branches, comme l'eau contre le feu, pour qu'ils connaissent la peur.

La hutte était sombre, froide et sans feu.

Nous avons jeûné avec eux et veillé avec eux pour qu'ils connaissent la souffrance.

Nous leur avons appris le chant du deuil du jeune âge.

Pour une fille, deux femmes et un homme ; pour un garçon deux hommes et une femme ; pour leur enseigner la sagesse et le respect, l'obéissance et le courage car c'est le souhait de Watauineiwa qui voit dans les cœurs.

Ils ont dû quitter les cris et les pleurs de la jeunesse pour partager la peine qui ne se dit pas.

Ils sont restés immobiles jusqu'à ce que la patience leur vienne.

Ils ont travaillé jusqu'à oublier la fatigue.

Ils ont chassé, pêché, puis tout abandonné pour dépasser la faim.

Ils ont plongé dans l'eau glacée des torrents pour rire du froid.

Ils ont appris les légendes et le chant du monde secret.

Jours et nuits, jours et nuits ont passé.

Alors nous les avons accueillis dans le monde des humains.

Nous avons ranimé la flamme qui a dansé sur le rouge et l'ocre des peintures de la hutte.

Nous leur avons donné l'os évidé pour boire l'eau de la vie et le panier pour cueillir les fruits de la vie.

Enfin nous avons combattu, chanté et dansé avec eux, comme combattent, chantent et dansent les hommes et les femmes les uns contre les autres et les uns avec les autres.

Ainsi a fini le Cièxaus, la cérémonie qui fait les hommes et les femmes, quand le temps en est venu.

Alors Aneki a pu choisir une épouse et ils se sont trouvés Chakalouchouloupipa et lui, pour conduire la pirogue et enfanter.

Je suis une Yekamush, une de celles qui ont le pouvoir, je vois que l'âme d'Aneki est rebelle. Il a pris cet esprit des Blancs quand il était avec eux sur la grande île. Les Blancs ne savent pas éduquer mais seulement dresser. Ils croient que l'on peut dresser le tronc quand seul le vent lui donne sa forme et le plie pour lui apprendre à résister. L'arbre droit casse.

J'ai vu la femme à la peau blême, j'ai lu le dégoût et la peur dans ses yeux. J'ai vu aussi son cœur d'enfant et les folies de son esprit. Elle erre comme l'oiseau privé de nid. J'ai vu autour d'elle l'ombre de Yetaite l'esprit mauvais, mais aussi celui de Lachuwakippa qui protège le foyer. Ils se la disputent et le brouillard s'étend sur l'issue de ce combat comme sur le canal au matin de l'automne. Elle vient dans mon rêve chaque nuit.

Les sternes sont parties tôt vers le nord, Kushteata, le lion de mer, a nagé près du rivage. Cela veut dire que l'hiver nous saisira bientôt et longue, longue sera son emprise.

Tout à coup, l'hiver est venu. Une ou deux tempêtes avaient légèrement poudré les sommets début mars. Le 26 mars 1881, l'anniversaire de mon départ de Grenook est salué par l'un des pires déluges de neige fondue qu'Ouchouaya ait connu, même de mémoire de Yamanas. Cela a duré trois jours. Les vaches et les moutons ont fui dans la forêt. La basse-cour est rentrée, les oiseaux se terrent. Dans les courtes éclaircies on ne voit que les arbres tordus par le vent. Notre communauté s'est repliée au coin du feu qui, seul, donne chaleur et lumière car il faut économiser les chandelles. Nous sommes comme de petits animaux satisfaits et repus aménageant leur tanière. Les hommes réparent des outils, colmatent les fenêtres avec du papier goudronné, Dorothy et les filles préparent des conserves au vinaigre, et je me taille une cape dans une pièce de gros drap vert sombre avec de multiples poches, par commodité. J'ai ajouté un galon vert pâle autour de la capuche pour l'égayer, et Joachim s'est gentiment moqué de ma coquetterie de bout du monde.

Le pasteur dessine les plans d'un hangar pour la machine à vapeur. John, notre catéchiste, par ailleurs très taciturne, s'enthousiasme pour ce qu'il appelle la lumière du progrès.

— Dieu a donné la terre aux hommes pour qu'ils la soumettent et la fassent fructifier. Cette nature est pleine de promesses. Toutes ces forêts qui ne demandent qu'à se transformer en bonnes et belles planches !

— Quand je vois le temps dehors, je vous trouve bien optimiste, John, intervient Dorothy, est-ce nous qui allons dévorer la forêt ou la forêt qui va nous dévorer ?

— Et vous êtes bien pessimiste, ma chère, répond le révérend, je vous prédis que d'ici dix ans, si nous travaillons bien, nous aurons cinq mille moutons et une exploitation forestière qui emploiera cinquante Indiens.

— A condition qu'ils veuillent bien travailler !

— Ils y viendront : « *Que Dieu étende les possessions de Japhet, qu'il habite dans les tentes de Sem et que Canaan soit leur esclave !* », psalmodie John.

— Oui, dit Dorothy, si les Yamanas sont bien des fils de Canaan. Je me suis souvent demandé d'où venait ce peuple, si perdu, si fragile dans ce pays hostile.

— Quand on voit leur physique débile, intervient Harry, on peut penser qu'ils n'étaient pas de nature à résister aux guerriers tehuelches qui peuplent le nord de la Patagonie, ni aux Onas, leurs voisins dont ils ont une peur bleue. A mon avis ils se sont réfugiés là, entre les îles, où ils étaient hors d'atteinte.

— Bien raisonné, mon fils, à nous de les civiliser suffisamment pour leur redonner confiance et les amener à une vie décente.

Un silence s'établit, comme pour que nous nous imprégnions tous de l'énormité de la tâche. Le révérend et le catéchiste se replongent dans leurs plans.

John est un Anglais typique, long et osseux, avec un teint qui ne fait que rougir au lieu de se tanner, de grands yeux pâles, une chevelure et une barbe blondes qu'il soigne avec une affectation ridicule compte tenu de son état. Contrairement à Harry, John est maniaque de sa personne. Il se lave matin et soir, use d'eau de Cologne, se peigne et tente en permanence de récurer ses ongles abîmés par les travaux.

Le pasteur profite également de cette réunion pour faire de longues lectures de la Bible. Je trouve parfois cela un peu pesant et j'en ai honte. Pourtant, j'aime les histoires de ces peuples anciens, Noé, la fuite en Egypte, le lac de Tibériade. J'imagine ces étrangers, leurs vêtements, leurs habitations, leurs coutumes. Je suis plus émue par la musique des mots, le rythme de ces phrases sorties de la nuit des temps et les images qu'elles évoquent, que par une méditation sur la gloire de Dieu. Je regarde les visages de Dorothy, John, Harry et même Mary qui ont l'air pénétrés de la Parole divine, leurs yeux clos, leurs lèvres murmurantes, je les envie et me sens bien frivole. Joachim m'adresse un clin d'œil pour désigner Beth qui s'est endormie et ronfle comme à son habitude, et nous étouffons un fou rire.

Après la tempête, le temps est resté maussade et froid pendant de longues semaines. Les hêtres ont viré au roux, la forêt au-dessus de nous serait somptueuse si seulement un rayon de soleil venait l'éclairer. Les montagnes et les hauts des bois sont déjà couverts d'une soie de neige. Il n'y aura pas de champignons cette année, à cause du froid.

Les Indiens ont ralenti leurs allées et venues. Pour la mauvaise saison, un groupe d'une centaine d'individus s'est stabilisé près de nous. Malgré le froid, ils continuent à vivre quasi nus, seuls quelques hommes portent une cape de peau d'otarie qui les protège bien mal. Les femmes sont encore plus incroyables. En été, je les voyais plonger nues, pêcher les clams et les énormes moules qui composent l'essentiel de leur régime. La température de l'eau est descendue aux environs de 6 °C, mais cela ne les empêche pas de continuer. Elles émergent, ruisselantes, leur panier sous le bras, leur peau beige luisante de graisse qui est leur seule protection, et rentrent sans hâte vers leur hutte comme si elles revenaient du marché. Lorsque, à l'aide de leurs chiens, les hommes arrivent à piéger un guanaco, cette sorte d'antilope locale que le mauvais temps ramène près du rivage, il y a un grand remue-ménage pendant quelques jours, le temps que la bête soit collectivement consommée. Mais il n'est pas dans leurs habitudes de faire des réserves et ils n'ont aucune technique pour cela. Une vie à l'économie reprend ensuite ses droits, plus calme et silencieuse, faite d'une chiche pêche et de malnutrition.

Ma classe chez Elisa bat son plein et Joachim m'accompagne tous les jours. Nous avons une assistance d'environ vingt élèves avec qui nous sommes entrés dans un jeu de réciprocité. Nous enseignons l'anglais mais nous apprenons en retour des mots de leur langue. Les enfants sont ravis, ils singent à la perfection notre accent et nos mimiques et nous font éclater de rire. Ce sont d'étranges moments où, tout à coup, il n'y a plus de barrière entre nous. J'en viendrais presque à ne plus voir leurs corps nus et moricauds et la morve qui leur coule du nez. Nous sommes comme une famille.

Je me suis prise à ce jeu du dictionnaire de Joachim. C'est moi qui lui signale des mots qu'il n'a pas encore répertoriés et nous discutons à l'infini sur la manière dont il faudrait les écrire. De temps en temps, à la maison, nous les employons entre nous : *akar*, hutte ; *kipa*, femme. C'est comme si nous avions formé une petite confrérie, avec son langage abscons.

*

Ce vendredi, un navire de pêche est venu en visite en fin de saison avant de remonter vers le nord. Je l'ai vu dévaler le canal, poursuivi par les rafales. Ensuite, les marins ont longuement bataillé pour rentrer dans la baie et on entendait les voiles brunes claquer depuis le rivage. Ils sont huit gaillards à mine patibulaire. Dimanche, après l'office, ils étaient tous invités et la conversation a roulé autour de la pêche. Leurs cales sont pleines de barils de graisse de phoque, de baleine et de peaux d'otaries mais ils se plaignent que les animaux disparaissent. Il leur a fallu un mois de plus que d'habitude, pour le même rapport.

Dans l'ouest de chez nous, à partir de l'endroit où le canal se divise en deux bras, existe une autre peuplade qui vit de la cueillette des produits marins : les Alakalufs, plus agressifs que nos braves Yamanas. Les escarmouches sont fréquentes, soit que les indigènes se livrent à des larcins quand les bateaux sont au mouillage, soit qu'ils refusent de leur céder les peaux des bêtes qu'ils ont eux-mêmes chassées. Les expéditions punitives se soldent souvent par des bagarres.

— Ils grimpent à bord comme des singes, la nuit, et font main basse sur tout ce qu'ils trouvent. Ma parole, on leur a donné une bonne leçon, un fusil contre une lance, y font pas le poids ! raconte le capitaine rigolard. On a foutu le feu à leurs cabanes puantes et fallait les voir déguerpir les fesses à l'air. Au moins ceux-là n'y reviendront pas. Et vous, m'sieur le révérend, z'avez pas trop d'ennuis ?

— Grâce à Dieu, c'est peu fréquent, nos Yamanas sont sans doute meilleure pâte. Et puis, ils dépendent de nous en partie pour leur subsistance. Ceux qui se comportent mal sont chassés. Cela suffit, apparemment.

— Oui, ben quand même, vous avez bien du courage, et pis avec des dames encore. Qui sait ce qui peut leur passer par la tête.

Les paroles du capitaine me donnent le frisson. Je n'avais pas imaginé pareil danger. Dorothy s'est mise à émietter son pain nerveusement. Les hommes de la famille baissent le nez.

— Non, non, rien de tout cela. Ils se marient entre eux et je bénis les unions, grommelle le révérend, gêné.

Mais le capitaine se lâche. On sent un sujet cent fois débattu entre eux.

— Oui, remarquez, c'est vrai, certaines de ces sauvageonnes, une fois bien récurées, sont presque présentables. Et voilà, les gars des bateaux sont des êtres humains, si longtemps loin de leurs femmes... Enfin, je veux dire, pas nous bien sûr..., (là, il s'embrouille)... Et pis elles sont là les mamelles à l'air... Enfin, ça doit pas bien les gêner, parce que comment que ça doit forniquer dans ces clapiers... Enfin pardon, Maaam'... Faut dire ce qui est !

L'ensemble de l'équipage semble absorbé par son assiette, mais échange des sourires goguenards qui font froid dans le dos.

— Et combien de temps pour regagner le Rio de la Plata ? s'empresse de demander le pasteur pour détourner la conversation.

— Ça va chercher dans les quatre semaines, si y'a pas d'ennuis avec ces foutus vents pamperos qui vous tombent dessus comme la teigne. Là, on verra à vendre et, si tout va bien, on sera de retour en septembre.

— Dites-moi, j'ai dans l'idée depuis longtemps d'acquérir un bateau pour nous. Il y a des îles ici où nous pourrions mettre du bétail ou aller à la pêche.

— Ah, ça, il vous faudrait une petite goélette, pas trop toilée et avec un faible tirant d'eau pour la mettre au sec l'hiver. Et pis au moins deux bons canots pour aller à terre, au cas qu'un soit perdu, c'est fréquent par ici. Votre fils fera un sacré marin, taillé comme il est, s'empresse le capitaine en se tournant vers Harry.

Deux jours plus tard, toute la communauté est réunie sur le débarcadère malgré une pluie cinglante. Le révérend bénit le bateau, l'équipage, et surtout Simon et Harry qui les accompagnent pour aller acheter ce fameux navire à Buenos Aires. Le capitaine nous a promis de les aider dans leur choix, et surtout de fournir deux marins pour les accompagner au retour.

Les mois sont longs. Le temps est lent. L'hiver semble avoir pris possession pour toujours de la Patagonie, tenir ce bout de terre dans ses serres, s'insinuant sous chaque motte et au cœur de chaque caillou. Si la tempête ne tord pas les arbres en hurlant, une chape grise et une pluie méthodique nous tiennent des jours entiers à la maison, quand ce ne sont pas les tourbillons de neige qui s'étalent maintenant jusqu'au rivage, ne cédant qu'à la ligne nette de la marée haute. Certes, il y a de belles journées ou des nuits limpides à compter toutes les étoiles du ciel, mais c'est parce qu'un froid de gueux s'est abattu, clouant chaque chose dans une gangue de glace. La nuit, on entend les branches des fruitiers exploser sous le gel au milieu d'un silence de tombe. Dans les chambres, il gèle le long des vitres à l'intérieur des fenêtres et je prends l'habitude de dormir dans le grand lit, avec les petites. Soudées les unes aux autres sous une lourde chape de couvertures, nous sommes comme trois naufragées dans cet océan sombre et glacé.

De nombreux Indiens viennent quémander du travail, car chez eux, l'imprévoyance fait durement son office et la faim règne. La communauté des huttes s'est considérablement développée. Chaque belle journée amène une ou deux pirogues chargées à ras bord. Nous sommes le seul endroit à des centaines de kilomètres à la ronde où l'on peut espérer un brouet de farine et de graisse en échange de son ouvrage. Avec Joachim, nous nous arrangeons pour chiper quelques restes ou fonds de sacs, que j'enfouis dans les grandes poches de ma cape, pour nos protégés de l'école.

L'assurance d'être deux heures au chaud nous amène une assistance nombreuse. Dès que je peux quitter les travaux de la maison, je vais sonner d'une clochette que le révérend a bien voulu me donner pour indiquer que la classe va commencer.

Un jour, nous avons eu la surprise de voir arriver Aneki, flanqué d'un autre jeune homme : Okolo, son ami. Celui-ci est un peu plus âgé, marié comme de coutume avec une plus vieille, qui lui a quand même donné deux enfants. Il est très caractéristique de sa race : un torse et des bras longs montés sur des jambes grêles, les épaules puissantes, peu de cou, une bille ronde, un front bas. Tout cela n'est pas très engageant, mais de grands yeux noirs, mobiles, curieux et empreints de bonté, atténuent la mauvaise impression. Je ris intérieurement en pensant qu'il y a un an seulement, j'aurais fui épouvantée en rencontrant un tel personnage. Aujourd'hui je l'accueille sans sourciller.

— Bonjour, mes amis, qu'est-ce que vous voulez ?

— Apprendre, dit sobrement Aneki en s'accroupissant par terre au milieu des enfants.

Nous avons donc pris l'habitude de voir ces deux grands corps écouter gravement nos leçons et chanter les cantiques. La langue des Yamanas est rauque et gutturale. On a souvent l'impression qu'ils crient ou grondent plus qu'ils ne parlent, ce qui renforce le sentiment de leur animalité. Mais ils aiment chanter, et là, leur timbre s'adoucit. Ils ont de grandes capacités de modulations et peuvent tenir des notes très longtemps. Ces deux voix graves au milieu de l'aigu des enfants finissent par former une chorale présentable.

Okolo et Aneki sont bons élèves. Du coup, Joachim et moi progressons aussi dans leur langue, plus complexe que leur dénuement physique ne le laisserait à penser. Ils ont mille et une tournures ou intonations des mêmes syllabes pour donner une information dont la précision peut être essentielle pour la navigation ou la pêche. Ainsi, il y a plusieurs mots pour dire plage selon son orientation, ou selon qu'il y a une terre ou un bras d'eau entre l'interlocuteur et elle. Quant aux degrés de parenté il semble y avoir au moins cinquante mots pour les décrire précisément !

Les deux jeunes gens m'ont baptisée « Yekadahby », ce qui signifie « petite mère », en général la tante maternelle qui s'occupe des enfants de sa sœur. J'ai compris que c'était par extension une appellation affectueuse et j'en suis plutôt fière.

*

La mid-winter est une agréable diversion. Noël tombe bien sûr pendant notre été et il est bon de célébrer, au cœur de l'hiver austral, le jour où la lumière commence à revenir. Pendant toute la semaine, nous avons confectionné des tourtes et des puddings et sorti les malles de fripes que nous offrirons aux Yamanas. Ils le savent. Dès treize heures, nous avons réuni tout le monde dans la maison, puisque le temple n'est pas terminé. Nous sommes serrés comme des sardines, la pièce envahie de peaux brunes parsemée de nos rares visages clairs. Notre chorale fait, presque, merveille. Nous avons chanté *En toi Seigneur, mon espérance*, *O que c'est chose belle* et bien sûr *Amazing Grace* qui est mon favori :

« Grâce étonnante, doux murmure,
Qui sauva le misérable que j'étais ;
J'étais perdu mais je suis retrouvé,
J'étais aveugle, maintenant je vois... »

Les larmes me sont venues. Oui, la grâce m'a jusqu'à présent accompagnée. Entourée de ces enfants sauvages, je comprends soudain quelle responsabilité est la mienne de leur apporter cette lumière que nous célébrons aujourd'hui.

Ensuite nous avons partagé les vêtements, ce qui n'est pas une mince affaire. Bien sûr, tout le monde veut du rouge. Je ne sais pas ce qui les excite dans cette couleur, mais elle est, après tout, assez seyante sur ces peaux sombres. Aneki et Okolo se sont institués ordonnateurs de la distribution, en raison de leur facilité à nous parler. Contrairement à bien d'autres peuples, les Yamanas n'ont pas de chefs. Les vieux sont les plus écoutés, mais leur gouvernement ne passe pas le stade de la famille. Ensuite ce ne sont que palabres ou querelles. Quand ils sont plusieurs à guigner une même pièce de vêtement, ils la déchirent sous les yeux horrifiés de Dorothy, Elisa et Sarah, la femme de Paul Smiley, qui s'étaient donné bien du mal pour les défriper. Dans ce peu de lumière, avec les effluves des corps entassés, on se croirait revenus dans quelque caverne des premiers âges. Certains arborent une jambe de pantalon en guise de ceinture ou un bandeau de tête fait d'un bras de chemise, qui ne va certainement pas les protéger du froid.

Le 15 septembre, Harry et Simon sont de retour. Le navire est magnifique, en chêne solide, peint en noir avec une bordure rouge. Une cabane à claire-voie protège un poste d'équipage à quatre couchettes et un petit fourneau. Le reste est constitué d'une vaste cale qui sera bien adaptée pour transporter du matériel. Pour l'instant, elle est encombrée de mille choses : du fer en plaques et en barres, des clous, des lames neuves, du matériel de tonte, des tonneaux de farine et de légumes secs et même des fruits confits, des verres à pied pour les dimanches, des chandeliers pour le temple, de multiples pièces de tissus dont une batiste fine que lorgnent les femmes, des seaux, des brocs et les inévitables hardes collectées auprès des dames charitables de Buenos Aires.

Comme le jour de mon arrivée, un dîner joyeux nous réunit tous. Harry nous fait un rapport quasi militaire. Buenos Aires vient de vivre sa première année comme capitale fédérale. Le port s'agrandit et, tous les jours, arrivent des Etats-Unis et de l'Europe des navires chargés de marchandises, d'émigrants, de beaux esprits et de vauriens. Le nouveau président Roca est adulé de son peuple, surtout en raison de la campagne sans pitié qu'il mène contre les Indiens tehuelches. En effet, après quelques guerres, l'Argentine a presque stabilisé ses frontières avec ses voisins du nord. Elle veut maintenant conquérir les trois mille kilomètres qui s'étendent vers le sud, jusque chez nous. Mais les Indiens n'entendent pas se soumettre. Les premières fermes installées ont subi des attaques violentes. Ces terribles guerriers n'hésitent pas à tuer, violer et torturer, y compris leurs semblables qui feraient défection. Leur habileté équestre et les boléadoras, cette arme faite de deux solides boules reliées par une courroie de cuir, ne font toutefois pas le poids face aux fusils du général Roca. A mesure qu'ils sont matés, leurs terres sont distribuées aux colons qui les mettent en valeur en implantant de vastes élevages. Depuis le premier voyage de M. Charles Tellier, un Français qui a pu transporter de la viande d'Argentine vers l'Europe, grâce à un astucieux système de réfrigération à l'éther méthylique, raconte Harry fier de son savoir, la viande de bœuf et de mouton s'exporte sur le vieux continent et rapporte des fortunes. Des dizaines de milliers de têtes de bétail déferlent sur les plaines.

Début octobre, le printemps est venu aussi subitement que l'hiver nous avait saisis. Après deux violentes tempêtes qui ont arraché une partie du toit de la soupente, nous avons eu deux semaines de calme, puis notre monde s'est transformé. Les eaux du canal ont repris leur bleu intense, la neige s'est retirée dans les hauts de la forêt, le ruisseau a recommencé à murmurer, et le bétail, qui a résisté au froid, est redescendu vers les collines. Plus encore que l'Ecosse, ce pays enchaîne les extrêmes. Dans une même journée, il peut neiger, faire soleil à se couvrir seulement d'une cotonnade ou pleuvoir à verse. L'air sent le neuf, la terre embaume les mousses, odeur âcre et douce à la fois. J'ai envie de me rouler dans l'herbe comme je le faisais petite fille.

Dans notre communauté, j'ai tracé mon chemin. Le révérend me traite avec bonté, Joachim et Beth sont comme mes frère et sœur, même Mary, si réservée au début, me sourit plus souvent. Avec Dorothy, nous avons trouvé un statu quo. Elle sait que je n'approuve pas les jérémiades qu'elle ne peut retenir dès que le révérend a tourné le dos. Elle s'est fait une raison que je n'entre pas dans son jeu. En échange, je ne rechigne jamais aux tâches dures qui l'accablaient : portage, binage, soin des bêtes et de plus en plus souvent des Indiens. Avec Harry et John, mes rapports sont courtois, sans empathie particulière les uns pour les autres, mais avec le sentiment suffisant que nous appartenons à la même communauté. Elisa est devenue au fil de l'hiver ma petite Yekadahby, « ma petite tante » personnelle. Cette femme a beaucoup souffert d'une enfance battue et, comme moi, d'une mère morte en couches. Fille de ferme, elle a tout subi et je n'ai pas osé l'interroger trop avant. Elle est éperdument reconnaissante à Samuel de l'avoir épousée et tirée de l'infamie, et s'ingénie à faire le bien, à petites touches. Fiona Meesh, la femme de Simon, est sans doute celle avec qui mes rapports sont les plus distants. Je crois le cœur de cette femme bien sec. Elle regrettera toujours la fermette du Sussex qu'ils n'ont pas eu la possibilité d'acheter, et qui les a contraints à cet exil quand la terre a été vendue. Elle s'occupe de ses trois garçons et veille efficacement sur les vaches et la basse-cour, mais rêve secrètement au jour où elle pourra s'établir avec son mari dans leur propre exploitation. Les nouvelles des richesses produites par le bétail, en Patagonie du Nord, ont eu l'air de l'intéresser prodigieusement. Quant aux vieux Paul et Sarah, pour finir le tableau, ils sont déjà trop âgés, à mon sens, pour faire de bons pionniers. Ils ont d'abord servi aux Falkland, sur l'île de Keppel qui est le berceau de notre communauté anglicane dans ce Grand Sud. Ils se souviennent d'Aneki et de ses pareils, dont ils ont eu la charge quand on a tenté de leur donner une éducation. Ils s'en sont occupés comme de gentils animaux domestiques, sans bien croire à une vraie mission éducative. Ici, depuis tant d'années, personne n'a le cœur à les renvoyer dans une Angleterre qui n'est plus rien pour eux. Ils sont donc là, comme ils seraient ailleurs, gentils, réservés, faisant au mieux et attendant que la mort les délivre. Lui traîne des membres perclus et une longue barbe grise, mais n'a pas son pareil pour rafistoler n'importe quel outil avec un vieux morceau de bois ou de ferraille, et dans son appentis s'entassent des piles de vieilles boîtes en fer-blanc, de bois flotté et de clous rouillés qui serviront un jour. Elle vient souvent cuisiner son éternel hachis de mouton, quand nous sommes trop occupés.

Quant aux Indiens, je me suis accoutumée à leur physique. La douceur dont ils peuvent faire preuve entre eux réveille ma sympathie.

Aneki m'a cérémonieusement proposé de m'emmener à la pêche. Au jour dit, il frappe à mon carreau avant l'aube. Sa femme enceinte, que je préfère appeler Ann, c'est plus facile que Chakalouchouloupipa, et ses compagnes se jettent dans l'eau glacée et nagent comme des chiots vers les pirogues qui sont amarrées dans les longues algues, puis les conduisent vers la rive. Nous embarquons avec les harpons aux longues barbules en os et des paniers tressés. Ann pagaye à l'arrière, je suis au centre, la place dévolue aux enfants et aux vieux, chargée d'alimenter un petit feu posé sur un lit de sable humide. Aneki est posté à l'avant, debout. On n'entend que le battement de la rame et le murmure des gouttes qui en retombent. Aucune parole entre eux, aucun geste, ils paraissent en communion totale. Nous longeons lentement le bord, contournant les pâtés d'algues qui font une chevelure au rivage. Les poissons remontent en surface pour profiter du premier soleil. Je ne remarque rien, mais chaque fois que le bras d'Aneki se détend brusquement, un poisson frétille au bout du harpon. Les Yamanas sont quasiment glabres et les messieurs, par une étrange coquetterie, s'épilent le visage et le corps. La peau lisse du jeune homme, d'un brun clair olivâtre, prend les reflets du soleil qui soulignent ses muscles longilignes. Notre canoë fragile, ces deux personnages si vulnérables, cette lente approche m'en apprennent plus sur eux en quelques heures que pendant tous les mois passés. Je reste songeuse, immobile et muette, avec l'impression enivrante de pénétrer un nouveau monde. Cette journée a considérablement augmenté mon prestige chez les Indiens. Je suis la première femme blanche à être allée à la pêche !

*

Au milieu de l'été, un grand trois-mâts français est arrivé : *La Romanche*. Il s'agit d'une expédition scientifique colossale. Tous les savants européens et américains unissent leurs efforts pour percer le mystère des hautes latitudes. Cela s'appelle l'Année polaire internationale. La France s'est vu confier notre région. Avant d'aller s'établir pour plus d'un an dans la baie Orange, près du cap Horn, ils nous rendent une visite de courtoisie et sont très « frenchies ». Le commandant Martial, quelques officiers, les savants et le médecin, M. Hyades, arrivent à la maison en habits impeccables, moustaches cirées, et nous font le baisemain, à notre grande confusion. Le commandant et le docteur parlent anglais et nous expliquent avec complaisance tout ce qu'ils vont faire : cartographie, étude de la flore, la faune, les roches, observation des phénomènes célestes et beaucoup d'autres choses qui m'échappent.

M. Hyades explique qu'il va s'adonner à l'ethnologie.

— Personne n'a jamais étudié ces peuples par ailleurs bien étranges. Nous en avons eu quelques spécimens à Paris au jardin d'acclimatation l'an passé, des Alakalufs, capturés près de Punta Arenas, pour être étudiés. Le public s'est beaucoup diverti et tout un dispositif recréait leur environnement, avec une hutte de branchages, des armes et des outres de peaux. Personnellement, je n'étais pas très favorable à cette exhibition. Les visiteurs n'étaient là que pour l'envie malsaine de contempler des supposés anthropophages. Finalement ces pauvres êtres sont morts en quelques mois de coqueluche ou de pleurésie, ce qui est étrange car le climat de France est plus doux que celui d'ici.

Mon idée est de faire une grande campagne d'anthropométrie. Je souhaiterais une fois pour toutes établir la place de ces races dans l'échelle du genre humain. Votre concitoyen le grand Darwin, qui est venu ici sur le *Beagle*, les a décrits comme des êtres répugnants, proches de la bête, et pense donc qu'il s'agit du terme de passage entre le singe et l'homme. Vous connaissez sa théorie de l'évolution, qui postule que chaque espèce découle d'une autre, plus primitive, et que la nature sélectionne les plus aptes, modifiant peu à peu leurs caractéristiques. Appliqué à l'homme, ce point de vue voudrait que nous descendions des singes, et que notre évolution se soit faite par le développement du cerveau et de l'intelligence au profit des membres permettant de grimper aux arbres. Les Yamanas, avec leurs longs bras et leurs fronts bas, semblent voisins des primates. Mais je suis moins sûr de cela, car la dissection de leur cerveau, suite à leur mort à Paris, n'a révélé aucune différence avec le nôtre, ni en volume, ni en physiologie. La mesure précise de leurs membres et de leur tour de tête nous aidera peut-être à les classer sur l'échelle que l'on étend pour le moment des petits Noirs pygmées de la forêt équatoriale jusqu'à nous-mêmes. Sur ce point, cher monsieur Bentley, je vous solliciterai sans doute.

Notre pasteur n'a pas l'air enchanté.

— Monsieur Hyades, je ne souscrirai jamais à la théorie de M. Darwin, bien qu'il soit mon compatriote. Elle n'est pas loin d'être blasphématoire. C'est Dieu qui est à la source de toutes choses et donc de toutes les espèces peuplant la Terre. Il est parfaitement sacrilège de penser que sa créature suprême, l'homme, ne puisse pas avoir fait l'objet d'un dessein spécifique. Si je vous écoute, nous ne serions que des formes de singes !

Le médecin se caresse les moustaches, comme j'apprendrai qu'il le fait quand il entre dans une de ces querelles scientifiques auxquelles il adore s'adonner.

— Pardonnez-moi, cher pasteur, je ne veux pas offenser la religion. C'est toutefois une théorie qui trouve de nombreuses preuves. Il est tout à fait envisageable de penser que la main du Créateur continue à se faire sentir, quelles que soient les voies que la Providence ait pu emprunter.

— Restons-en là, suggère le révérend, conciliant. Quoi qu'il en soit, j'approuve l'étude de ces races. La mesure de leur degré d'intelligence et de leur aptitude à s'ouvrir aux lumières de la foi et de la civilisation reste une question centrale pour nous, qui tentons de les éclairer. Je ferai tout pour vous être utile.

— Eh bien, il me faudrait pouvoir faire des moulages de leur anatomie. J'ai bien cent kilos de plâtre dans les soutes de *La Romanche*. Pour réaliser de bonnes mesures, les Indiens doivent coopérer et accepter l'expérience. Je ne tiens pas à les brusquer, cela rendrait la tâche impossible et, après tout, ils ont aussi sûrement leurs sentiments. J'aimerais également recueillir le maximum d'informations sur leurs pratiques, leurs rituels et leurs croyances. Vous les connaissez et pourriez nous aider à gagner leur confiance.

Pendant les deux semaines où leur navire est resté en rade, il y a eu une intense agitation. Grâce à ma connaissance du yamana, je me retrouve, avec Joachim, l'assistante du médecin.

D'abord, il mesure les Indiens dans tous les sens. Pour la tête il a une sorte de casque articulé avec des réglages qui lui permettent d'apprécier la forme du crâne, le volume du front, l'écartement des yeux et des pommettes, la largeur de la bouche, la hauteur du cou. Il faut ensuite enduire leurs membres de plusieurs kilos de ce plâtre, et les convaincre de rester sans bouger pendant le séchage qui dure au moins deux heures, puis découper le tout finement pour conserver les empreintes qui seront confrontées, au retour, avec celles des autres peuples.

Les Yamanas ont l'habitude de la station immobile, qu'ils peuvent pratiquer des heures durant quand ils chassent à l'affût, mais ils détestent ce carcan. Les premiers se sont enfuis au bout de quelques minutes et précipités à l'eau pour se laver. Le bruit a commencé à circuler que l'on voulait leur voler leur force de vie. Je me suis alors prêtée moi-même à l'expérience, au vu de tous. Assise au milieu du village, les bras enserrés dans cette gangue molle et tiède, je laissais chacun me regarder comme une bête curieuse, ou me tâter pour vérifier sans doute que j'étais encore vivante. Finalement, et avec force cadeaux, le procédé a réussi et les moulages s'entassent, y compris ceux des parties intimes qui semblent, je ne comprends pas pourquoi, indispensables. Mais quand j'ai vu que les Français ont sélectionné, pour mesurer les femmes, les trois plus jolies avec des muscles pleins, des seins pointus, un fin grain de peau, et un bel ovale de visage, je me suis demandé où se nichait la science.

Revoilà le grand hiver. Les teintes de la belle saison, les fleurs, les feuilles, l'eau émeraude ou outremer du canal ont laissé place aux branches nues, à un univers en blanc et noir avec ses mille nuances de gris, comme si l'existence devait se simplifier, se recentrer dans la palette des couleurs pour affronter la rigueur du climat. Enveloppée dans ma cape de drap, je pousse souvent jusqu'au village. On ne s'annonce pas chez les Indiens, on soulève la porte de peau, on s'accroupit, chacun poursuit ses occupations, comme pour montrer qu'on ne dérange nullement. Parfois l'attente se prolonge plus d'une demi-heure. Je les observe. Les femmes mâchouillent des tiges pour les assouplir et en faire des paniers, les hommes grattent inlassablement un os avec une pierre pointue pour façonner des barbes de harpon. Tout à coup la conversation démarre : le temps, les parents, les bêtes… Tous les peuples sont avant tout occupés d'eux-mêmes et de leur petit monde. Parfois on raconte une légende embrouillée que je peine à saisir, où il est question des Hanushs et des Cushpijs, ces hommes sauvages imaginaires qui effrayaient tant Beth. Pour la conversation courante, je commence à bien me débrouiller, et avec Aneki nous parlons un sabir d'anglais et de yamana qui nous est þropre.

Pour être plus que les autres au contact des Indiens, c'est moi qui ai décelé les premières atteintes de la maladie. Plusieurs personnes commencent à présenter de fortes fièvres et le nez qui coule sans interruption. Leurs yeux rouges, fixes, sans mouvements de paupières, font parfois douter qu'ils sont encore en vie. Puis surviennent des éruptions de la peau commençant par le visage, le cou, et s'étendant sur tout le corps. Quand les premiers indigènes sont morts, il n'y a pas eu trop d'alarme. Mais l'épidémie s'est répandue en moins d'une semaine. Chaque famille commence à avoir des alités. Dorothy et Elisa soutiennent que c'est la rougeole, c'est une maladie grave mais qui n'atteint normalement que les enfants. Les décès augmentent et le village n'est que lamentations et cris de colère contre Watauineiwa, sorte d'esprit suprême gardien des vies.

La maladie a pris de telles proportions que nous nous sommes résolus à aller chercher le Dr Hyades avec l'*Alenn Gardiner*, pour le tirer de son hivernage dans la baie Orange, et ce brave homme confirme notre diagnostic.

— Les Indiens ne sont pas accoutumés à nos maladies et elles prennent chez eux des proportions dramatiques. Qui sait si l'un de vos visiteurs ou même quelques vêtements distribués n'ont pas répandu le mal sans le savoir ? Malheureusement, il n'y a guère de remèdes à cette affection. Je conseille une bonne hydratation pour faire tomber la fièvre, une dilution de soufre purifié et de la belladone.

Le médecin est resté dix jours, ne ménageant pas sa peine, mais la mort fauche plus vite que son art de guérison n'y remédie. Le matin, il n'est plus rare de trouver un enfant terrifié allongé contre ses parents mourants. Les mieux portants n'ont plus le temps, ni la force de creuser des sépultures. Les cadavres sont traînés hors de la hutte et abandonnés sous la pluie dans les broussailles. La mort n'épargne pas les cases d'Aneki et d'Okolo. Ce brave garçon décède et le souvenir de ses bons yeux joyeux me fait éclater en sanglots. Puis est venu le tour de la grand-tante d'Aneki. Quand Ann et son bébé sont tombés malades, j'ai veillé plusieurs nuits dans la cabane secouée par le vent, acharnée à les faire boire et à les réchauffer d'une couverture. Ils sont morts à quelques heures d'intervalle, et la vieille Rosy s'est mise à hurler. Je me suis enfuie, poursuivie par son cri de louve.

Après un mois, le mal a régressé de lui-même. Le désastre est total. Deux cents des trois cents Indiens ont succombé. Beaucoup ont fui ce lieu de mort autant par tradition de ne pas fréquenter l'endroit d'un décès que par peur. Il se murmure que les Blancs les ont empoisonnés. Tout ce que j'apporte pour les soulager, vêtements ou nourriture est jeté loin des huttes. Ceux qui le peuvent, comme Aneki et Rosy, ont fui.

Avant qu'il ne nous quitte, je prends à part le médecin.

— Monsieur Hyades, vous pensez vraiment que c'est notre faute si les Indiens sont malades ?

— Si vous voulez le fond de ma pensée, mademoiselle, je crois que oui. Mes mesures confirment que les Yamanas ont un volume de la boîte crânienne similaire au nôtre, donc théoriquement une même intelligence, mais il semble que la connaissance d'une civilisation beaucoup plus avancée que la leur provoque une surexcitation intellectuelle qu'ils ne sont pas à même de gérer. Pensez à tout ce qui doit leur paraître étrange, voire magique : nos bateaux, nos fusils, nos maisons, toutes nos façons de faire. Il s'ensuit un épuisement et une dégénérescence psychique qui provoque à son tour une dégradation physique qui les prédispose à la maladie. Ce qui explique pourquoi toutes les populations sauvages ont des taux de mortalité si importants dès que l'homme blanc apparaît.

— Quel remède alors, nous retirer et les laisser à leur sauvagerie ? Ne peut-on leur apprendre à vivre dans une maison, protégés du froid, à cultiver et à élever plutôt que de mourir de faim l'hiver ?

Le médecin soupire.

— Lors de nos excursions, j'ai croisé maints groupes de Yamanas et d'Alakalufs isolés de tout qui semblaient plus gais et en meilleure santé que les vôtres. Ces peuples ont survécu ici sans nous depuis des centaines d'années, avec leur forme de bonheurs et de malheurs. Ils ont une intimité remarquable avec la nature à laquelle ils se sont adaptés. Ils la perdent à notre contact car nous leur offrons ce qui paraît être la facilité. Je vois les plus vieux des Yamanas, dont on m'a dit qu'ils sont dans cette mission depuis ses débuts, ils ne savent déjà plus construire les pirogues ni tailler les harpons. S'ils ont appris à jardiner, on dirait que c'est au détriment d'autres notions ancestrales, comme si trop de connaissances ne pouvaient loger à la fois dans leurs têtes. L'idéal, pour nous savants, serait d'avoir des sortes de réserves où des échantillons de chaque peuple seraient laissés à l'état de nature, pour les étudier, mais il est sans doute déjà trop tard. Pour le meilleur et pour le pire, ces territoires sont maintenant connus des peuples civilisés que rien n'arrêtera dans leur expansion. Plus vite les Indiens s'adapteront et mieux ce sera pour eux. Mais il y aura de gros dégâts.

Je repense à l'expression de bonheur simple d'Aneki et d'Ann lors de nos parties de pêche, à l'une des toutes premières phrases qu'il m'a dites, avec une vraie nostalgie dans la voix.

— C'est beau, mon pays.

Pourquoi ne pouvons-nous pas partager cette beauté ? Pourquoi faudrait-il que la venue des uns fasse le malheur des autres ?

Je suis Cushinjizkipa. Je suis une Yekamush. Ma vie est longue, trop longue. Mon âme, ce kespix, est accrochée à mon corps comme la moule que bat la tempête et qui survit sur son rocher. Le hêtre aux branches torturées je l'ai connu jeune. J'ai vu les fils des fils de la loutre et du renard. Seul Hainola-l'orque a eu plus de vie que moi, car il porte avec lui les esprits des autres Yekamushs.

Comme moi, Hainola se souvient du temps des hommes libres.

Quand mon père la baleine venait s'échouer et que nous chantions pour remercier sa bonne graisse.

Quand le cri de la chouette annonçait une chasse fructueuse et que le jus du guanaco coulait de nos lèvres.

Quand le phoque et l'otarie donnaient leurs peaux solides pour le dos des hommes.

Depuis que les hommes pâles sont là, ils ont pris plus de baleines que leurs bouches ne peuvent manger et tué plus de phoques que leurs dos ne peuvent porter. Il y a maintenant pour nous des jours sans graisse sur le foyer et des enfants qui s'éteignent avant leur temps.

Je vois quand les Blancs parlent le nuage pâle comme la mort qui sort de leur bouche. Ils ont leurs livres auxquels ils murmurent pour appeler leur Grand Esprit. Ils lui demandent le mauvais sort pour les Yamanas.

Le pouvoir de leur Grand Esprit est grand, plus grand que celui des Yekamushs.

Celle qui parle notre langue, qu'ils appellent Emily, est la seule à avoir des mots qui sont verts comme la pousse d'arbre et rouges comme la femme et l'enfant. Mais elle n'a pas la force.

Elle est effrayée d'elle-même comme le guanaco qui se jette à l'eau pour échapper au chien.

Ayak était belle. Un jour, sur la plage, Kushteata, le vieux lion de mer à la peau brune, la voit et l'aime. Quand elle joue dans le ressac, il vient se frotter contre elle et l'entraîne au large. Ayak est bonne nageuse, comme celles de sa race, mais elle est trop loin du bord. Elle va couler. Alors elle prend appui sur son cou et il l'emmène dans sa grotte.

Alors ils vivent ensemble et ont un fils, mi-homme mi-bête.

Mais Ayak désire dans son cœur revoir ses parents et son pays. Kushteata, après avoir longtemps refusé, cède, car il aime Ayak. Alors, ceux de la tribu font une fête entre eux pour son retour, et les sœurs d'Ayak l'emmènent pêcher les oursins et les moules. Elle ne veut pas y aller car Kushteata et son fils ne savent pas parler et qu'elle seule les comprend. Elle ne veut pas les laisser seuls. Mais les sœurs insistent et elle prend son panier. Alors les hommes voient la bonne graisse sur le dos du lion de mer et ils le chassent, le tuent et le dépècent. Quand Ayak revient elle cherche Kushteata. Mais ils lui disent qu'il est parti se baigner.

Alors, son fils lui apporte la bonne viande et la graisse. Elle mange et aussitôt comprend. Alors elle frappe son fils et lui jette les oursins à la tête, son fils qui a mangé la viande de son père, qui lui a donné à manger la viande de son mari. Alors le fils se transforme en Syuna le poisson, celui qui a encore la tête plate à cause des coups avec les petits trous des épines d'oursin. Depuis, Syuna vit près de la grotte de son père et Ayak pleure son vieux mari.

Je suis revenue au pays de Yeskumaala, là où le vent est si fort qu'il courbe les collines. Je veux fermer les yeux et écouter le vent me prendre. Aneki veut retourner au pays des hommes blêmes et je l'appelle Aneki – le lion de mer. Quand Aneki parle, je vois le vert et le rouge et le blanc mêlés sortir de sa bouche.

Les bons et les mauvais augures sont indissociables.

Quelques pousses ont percé la neige, des plaques brunes sont apparues qui se sont élargies au fil des jours. Un matin, j'ai revu les ibis sous ma fenêtre. J'aime ces oiseaux méfiants, leur plumage cendré d'où sortent un cou et une tête dorés. Leurs longs becs recourbés fouillent la terre à petits coups, comme distraitement. Les oiseaux sont les premières couleurs qui nous reviennent : rouge du pic et de la lessonie, jaune des phrygiles et des rayaditos, orangés des grèbes. Je me gave de ce printemps. Je caresse les feuilles, je ferme les yeux pour me concentrer sur les chants d'oiseaux, je m'abîme dans la contemplation d'un poisson qui sinue sous la surface, d'un insecte, d'une goutte de rosée sur les herbes.

Au début de l'été, Aneki est revenu. J'ai reconnu de loin sa silhouette immobile à l'avant de la pirogue où au moins dix personnes sont entassées. Il saute à terre.

— Yekadahby, bonjour.

La douleur l'a fait homme. Les coins de la bouche tombent un peu, ses yeux se sont élargis, mais il a gardé ce regard doux et interrogateur. Plusieurs fois il me remmène à la pêche avec lui. Au début avec une autre femme du village et, lorsqu'il juge que je commence à savoir pagayer, nous partons tous les deux. C'est en fait très fatigant de rester à genoux des heures. Nos morphologies d'Européens n'y sont pas habituées et j'attrape des crampes. Je me concentre sur la pression à donner sur la pagaie selon la hauteur du clapot et sa direction. Lui peut rester une demi-heure totalement immobile le bras levé avec son javelot, les muscles bandés sans un seul tremblement de fatigue. Comme les enfants, je me fixe des buts à atteindre :

— Si je ne m'arrête pas de pagayer jusqu'à la falaise, alors j'aurai... j'aurai....

Mais qu'aurai-je en fin de compte ? La reconnaissance d'un Indien qui ne voit même pas mes efforts ? Une plus grande valeur, à mes propres yeux d'Emily-le-brave-soldat ? Je n'en sais rien, mais je n'en respecte pas moins le pari.

*

Une partie du bétail que nous avions établi à Itulia, une baie à une journée de navigation d'Ouchouaya, dans l'ouest, a passé l'hiver seul. Les brebis doivent être pleines. J'obtiens l'autorisation de me joindre au groupe qui y part. Harry, Simon, Aneki, et Oufhtadéka, que nous appelons Ouf et qui remplace Okolo, plus Joachim et moi pour rabattre les moutons.

Lente navigation, peu de vent, nous plaisantons, tous rassemblés sur le pont, et j'ai pour la première fois le sentiment de faire partie de l'équipage, d'être de ceux qui font de la mer leur seconde patrie.

Harry, institué capitaine, se débrouille bien et a appris à traquer les *négresses*, ces petites risées qui frisottent sans lendemain. Je bavarde avec Ouf. Il a cinq enfants de deux femmes. Son engagement n'a pas été sans problèmes car le révérend ne veut pas de polygames. Mais Ouf est particulièrement costaud et il connaît la région comme sa poche. Il me montre comment observer les contre-courants en suivant le mouvement des grandes algues laminaires. Pour un petit esquif, le moindre détail a son importance, c'est ce qui a développé leur sens de l'observation. A chaque indentation de la côte, il a une histoire à raconter. Ici deux pirogues se sont renversées, il y a eu quatre morts ; là une femme s'est noyée dans les laminaires en amarrant son bateau ; deux sont tombés de cette falaise où nichent les cormorans, dont le père d'Aneki ; là une baleine s'est échouée et on a festoyé pendant une lune. Les décès ne semblent pas plus l'attrister que le banquet. Quand la mort est suffisamment ancienne, il n'y a plus de tabou à en faire un sujet de conversation comme un autre.

Dans la soirée, nous avons mouillé devant Itulia, à l'abri d'une falaise où des arbres tordus luttent vaillamment dans la moindre anfractuosité. Dans l'axe de la baie on voit bien que le vent s'enrage toujours, et par contraste, ce recoin nous donne un sentiment de paix et de sécurité. Devant nous, au pied de la falaise, une plage de galets, des herbes blondes et des collines s'étageant tranquillement entre les hêtres. Mais cette douceur est bousculée par Monseigneur le Glacier. Tout le fond de la vallée n'est qu'une succession de sommets blancs et vertigineux se perdant dans une condensation permanente. Les nuages déchiquetés par les vents d'altitude s'y accrochent en lambeaux, dévoilant tour à tour des abîmes et des pics. Le glacier dévale de là, puissant, rabotant, arrachant tout sur son passage. Il a creusé une large vallée emplie d'un chaos de fin du monde, une cascade figée de blancs, de bleus, de verts insensés. Jamais je n'aurais pensé que la glace puisse avoir tant de couleurs. Tout n'est que crevasses, aiguilles, empilements improbables, éclats, brisures, fouillis aux arêtes vives. Le front du glacier mesure bien vingt mètres de haut et vêle régulièrement. Dans un coup de tonnerre, des petits morceaux vont s'accumuler sur la berge opposée au vent. Dans le fond de la baie, les eaux de fonte prennent une teinte Véronèse qui se perd vers l'embouchure en longs entrelacs et courbes au sein des eaux plus noires. On dirait du lait que l'on a baratté dans de l'eau charbonneuse. Du côté est, veillent sept collines égales, adoucies par l'érosion. Sur leurs pentes de larges tranchées de pins et de hêtres abattus témoignent de la violence des vents.

Les deux cabanes construites l'année dernière sont juste en retrait de la plage, derrière un îlot qui les protège du flot et du vent du glacier. Certes, ce paysage est magnifique, mais ce n'est pas exceptionnel ici. Je suis incapable de dire pourquoi il me touche tant. Force, harmonie, fragilité, ténacité, espoir, les mots qui me viennent à l'esprit ne rendent pas justice à mes sentiments. J'ai l'impression d'être enfin arrivée quelque part. Des années après l'arrachement d'une fillette à ses collines écossaises, à l'autre bout du monde, ce paysage, sans raison, me dit que je suis à bon port.

Ce soir, on n'entend que le jacassement des sternes dans leurs terriers sur les plages et le discret plongeon d'un poisson. Le jour finit dans la douceur avec laquelle il a commencé, et j'ai la paix au cœur.

Toute la semaine, notre bande sera joyeuse. Il faut réparer les clôtures que le vent et la neige ont dispersées et rassembler les moutons. A côté du glacier s'étend une longue plaine où courent deux belles rivières aux eaux laiteuses. Ces animaux sont les plus bêtes et les plus sournois de la Création. Ils se cachent dans les replis de terrain et derrière les arbres. Le moindre obstacle fait éclater le troupeau et il faut tout recommencer. La vallée résonne de nos hurlements :

— Par ici, Ouf ! J'en pousse trois vers toi !

— Attention, Simon ! Il y a un groupe qui s'échappe sur la gauche !

— Là, celle qui bêle attend son petit, je m'en occupe !

La sueur trempe nos vêtements qu'un chaud soleil sèche aussitôt. Nous sommes libres et heureux, actifs côte à côte, Blancs et Indiens. Le soir, pour faire plaisir à Harry, nous chantons des cantiques. Aneki et moi interprétons « *Amazing Grace* ». J'ai le frisson d'entendre sa voix grave se mêler à mes aigus.

C'est peut-être là que tout a basculé.

L'avant-dernier jour, Aneki a voulu aller chasser le guanaco pour faire un bon repas de départ et je l'ai suivi. Nous marchons en silence le long de la rivière. On n'entend que son glouglou et quelques canards au loin. Je m'applique à calquer son pas de gymnaste mais ma robe me gêne et je lui envie ses jambes nues. Comme d'habitude, il est attentif à tout, se baisse pour examiner une crotte ou une trace, surveille la lisière des bois, se retourne et pointe silencieusement un gros buisson de marguerites qu'il sait que j'apprécie. Trois heures plus tard nous sommes arrivés à l'extrémité de la plaine et toujours bredouilles. Nous faisons halte pour manger, les pieds dans l'eau glacée et la tête au soleil.

— Aneki, tu es heureux avec nous ? Elle te plaît ta vie sur le bateau et avec les moutons ?

— J'apprends toutes les choses nouvelles que vous apportez.

— Oui, mais ça te plaît, tu trouves cela mieux que la vie d'avant ? Tu es plus heureux maintenant ?

— J'aime les choses que vous savez faire, « mieux » je ne sais pas ce que cela veut dire. Le bateau, les moutons, oui, c'est bon. Mais les Blancs coupent la forêt qui est la maison du guanaco et des oiseaux. Ils prennent toutes les baleines et les otaries, ce n'est même pas pour les manger, et les Yamanas du coup ont faim. Mon peuple aime les habits rouges, les couteaux de fer et les biscuits. Mais les habits, les couteaux, les biscuits, ce n'est pas le bonheur.

Cette conversation me rend triste, elle me rappelle ce que disait le Dr Hyades.

Aneki me sourit.

— Mais toi, tu n'es pas comme les autres. Tu chasses et tu pêches avec moi, tu apprends ma langue. Cushi dit que tu as le rouge de la vie et j'aime me promener avec toi.

Nous repartons en direction de la forêt. Les vieux arbres ont une lourde couverture de mousse côté sud, qui fait paraître les troncs bicolores. Elle pend en écharpes depuis les branches tordues et fait ressembler les lieux à une forêt de contes de fées, d'où quelque gnome écossais sortirait sans que l'on s'en étonne. La marche est malaisée, encombrée de souches mortes et de fourrés. Soudain, Aneki se fige à l'orée d'une petite clairière, comme il le fait avant de lancer son harpon en mer, et me tire par le poignet pour que je m'accroupisse. C'est assez inhabituel car normalement nous ne nous touchons jamais.

— Là !

Ce n'est pas un guanaco, mais une renarde et ses deux petits. Le renard patagon est gros comme un chien, avec un beau pelage gris et roux et une queue longue et touffue. Il n'est pas très farouche et nous en voyons parfois à la lisière des bois, qui hument nos odeurs. La clairière est lumineuse et calme. La femelle joue et apprend la traque à sa progéniture. Elle saute, se cache derrière une touffe, s'aplatit et se laisse débusquer. Comme des enfants qui s'applaudiraient de s'être trouvés à colin-maillard, ils roulent ensuite tous les trois les uns contre les autres, le poil soyeux des petits sur le poil rêche de la mère, dans des retrouvailles silencieuses. Ils échangent des coups de pattes de velours, se sentent, se lèchent. Puis la mère roule sur le dos et se laisse téter avant de rebondir pour retourner se cacher. La joie, la vitalité et la tendresse de la scène me font monter les larmes. Aneki me tient toujours la main et nous sommes à genoux, serrés l'un contre l'autre.

— Là ! Le bonheur est là, tu vois ? Le bonheur de la renarde.

Les larmes brouillent l'image des animaux qui deviennent flous comme dans un rêve. Je sais subitement ce que je veux : rester là, serrée contre Aneki, pour qu'il m'apprenne le bonheur, dans cette forêt, dans ce pays. Je comprends qu'Aneki m'est indispensable. Sans lui, je vais m'étioler entre le potager et le temple. Itulia, je l'avais pressenti, est bien le lieu de cet épanouissement et mon bonheur c'est lui : ce sauvage à moitié nu, de cette race qui me faisait peur au début ; cet homme capable de s'abîmer dans la contemplation de renardeaux qui ne lui rapportent ni nourriture, ni aucun bien matériel. Un feu me dévore, m'emplit le ventre et la poitrine, je vais me consumer sur place. Rien n'a bougé, il n'y a toujours que le bruit du vent dans les cimes et les rayons de soleil sur les pelages roux. Je scelle ce pacte. Je pose mon autre main sur son poignet. Il me regarde et n'a pas l'air étonné. Juste un peu de feu s'allume, peut-être, dans ses yeux. Et nous restons là.

Aussi longtemps que jouent les animaux, nous ne bougeons pas. Subitement, la femelle pointe le museau en l'air. Un bruit, une odeur ? Elle se dégage brutalement de sa marmaille, reste quelques secondes aux aguets, puis s'éloigne vers le couvert en trottinant, juste à la bonne vitesse pour que ses petits la suivent. On pourrait nous croire statufiés, comme les humains qui ont vu les elfes de mes histoires d'enfant. Le soleil a un peu tourné et effleure l'épaule d'Aneki. Je voudrais être ce rayon. Nous nous relevons, nos mains se délient et il reprend le chemin de la forêt, comme la renarde, lui devant et moi trébuchant derrière.

Pour nous faire pardonner de revenir bredouilles, nous sommes rentrés par les collines en emplissant le panier de calafates. Les autres nous ont accueillis en accusant gentiment Aneki d'être un mauvais chasseur. Il a ri et nous avons échangé brièvement le même regard que dans la clairière. Non, je n'ai pas rêvé.

*

Je ne sais pas quoi faire. Je ne dors plus. Est-ce que ce que je ressens est de l'amour, comme dans les histoires des almanachs que je lisais en cachette chez les Mac Kay ? Je ne sais pas. Cela me semble beaucoup plus puissant, étrange, indescriptible. Quel amour peut-il y avoir entre une femme blanche et un Indien ? Le même qu'entre le pasteur et Dorothy, entre Elisa et Samuel ? Non, à coup sûr. Que pouvons-nous inventer d'autre ? A part dans mes divagations confuses sur le bateau qui m'a amenée en Patagonie, je n'ai jamais trop pensé au mariage. Je n'ai pas jusqu'à aujourd'hui ressenti d'attirance pour un homme. Serais-je prête à me donner à celui-là, à vivre avec lui comme mari et femme ? Quelquefois, cette pensée me fait honte et je me sens ridicule de m'affubler, même en pensée, d'un époux pêcheur déshérité, factotum d'un groupe de pionniers. Mais ce n'est que quelquefois. Le reste du temps, je me laisse envahir de rêves singuliers et de frissons, de certaines moiteurs que le révérend qualifierait de concupiscentes.

Je descends tous les jours au village une boule dans le ventre. S'il est parti sur l'*Alenn Gardiner*, je guette les voiles brunes à l'ouvert du canal, comme toutes les femmes de marins. S'il est là, je me sens gauche et ne sais pas quoi dire. Il se comporte comme si rien ne s'était passé et je panique tout d'un coup de m'être construit toute cette histoire dans ma tête. Et puis il y a ce regard qui revient, appuyé, tendre, un brin moqueur. Il m'a offert un collier comme en portent les femmes yamanas. Ce sont de petits coquillages blancs et bruns, enfilés sur un tendon de phoque. Ils ont été choisis avec soin, exactement de la même taille et polis pour refléter la lumière. La vieille Rosy m'a regardée longuement avec ses yeux bleuâtres et j'ai eu l'impression qu'elle voyait à travers moi. C'était comme un examen de passage dont je ne connais pas le résultat. Fiona Meesh, cette peste qui aurait mieux fait de quitter la colonie puisqu'elle rêve tant de fonder sa propre *estancia*, et qui maintenant trouve tous les prétextes pour dénigrer notre vie, a remarqué le collier :

— Eh bien, ma chère, vous voilà décorée comme une sauvage, il ne vous manque que les peintures de guerre.

Je me suis sentie prise sur le fait comme si mes pensées étaient révélées au grand jour et j'ai menti.

— Oh, ce sont les enfants de l'école qui me l'ont confectionné.

Ensuite je l'ai caché dans ma poche et je ne le ressors que quand je vais au village. Personne dans la communauté des Blancs ne pourra comprendre mon attachement à Aneki. Même ceux qui ont une réelle charité ou de l'intérêt pour les Indiens ne pourront que réprouver une telle union. Je le sais. Je suis prise dans une nasse. J'ai des sautes d'humeur que Beth m'a reprochées :

— Pourquoi tu ris et tu me grondes après ? Même quand je n'ai rien fait ? Et des fois tu as l'air triste pour rien.

— C'est la fatigue, Beth, trop de travail cet été.

Celui-ci touche à sa fin. Je m'étais promis de laisser passer deux mois pour m'éprouver. Ce temps est arrivé. Je propose une partie de pêche à Aneki. Nous partons dans la première baie, à l'ouest d'Ouchouaya, que les Indiens appellent Lapataïa. Elle est protégée par les îlots et ses eaux sont calmes sous un ciel gris. Je pagaye, Aneki lance le harpon. Hormis mes habits d'Européenne et ma peau claire, on pourrait nous prendre, de loin, pour un banal couple à la pêche. Je rassemble mon courage.

— Aneki, tu pourrais vivre dans une maison en dur, comme la nôtre ? Tu pourrais avoir une femme qui ne soit pas de ta race ?

— Chez nous, l'homme et la femme se choisissent ensemble. Parfois un Yamana et une Alakaluf se marient, et même des fois une Yamana se laisse enlever par un Ona car elle le veut bien.

— Mais entre les Yamanas et les Blancs ?

— Un homme est un homme. Une femme est une femme. Les Blancs ont pris des épouses indiennes.

Je tremble.

— Et si moi je le voulais ?

— Alors, moi je le voudrais aussi.

Je le considère et j'aimerais me forcer à la critique. Mais ses yeux noirs légèrement en amande, ses pommettes hautes, la frange de cheveux sombres en ovale régulier, la bouche un peu trop grande, le corps glabre et musclé me sont irrésistibles et je capitule sans condition. Il me prend le visage dans ses mains et nous restons un long moment immobiles, nez contre nez, front contre front. Est-ce ainsi qu'on fait la cour chez les Yamanas ? Le ciel n'est plus gris, j'ai le cœur qui bat lentement, gravement.

Et maintenant ? Il faut que je parle au révérend. Je vais lui proposer que nous allions nous établir à Itulia. Nous pourrions surveiller les troupeaux, mettre des vaches et des chevaux au pâturage, chasser, pêcher et être une sorte d'avant-poste pour Ouchouaya. Je tergiverse des nuits durant, cherchant à lui présenter notre projet comme bénéfique pour notre communauté. Je peux jouer sur son ambition à développer non seulement l'élevage mais aussi le bûcheronnage. Les bois d'Itulia s'y prêteraient, sauf celui de la renarde, qu'il faudra respecter, bien entendu. Je rate deux occasions de lui parler, rongée par l'anxiété. Je n'arrive pas à me décider. La nuit je rêve que je suis poursuivie. Dès que je crois avoir déjoué une menace, une autre surgit, je me réveille en sueur. Elisa, à qui je me suis ouverte de ces cauchemars, dit que c'est le signe que j'ai un problème à résoudre. En effet !

L'explication ne vient pas de moi, finalement, mais du pasteur lui-même. Nous avons peu de conversations, sauf pour des motifs matériels. Il est comme cela avec tout le monde et je suppose avec sa femme aussi. Point de bavardages frivoles ou d'états d'âme. Il est trop accaparé pour cela. Ce soir, nous redescendons du parc à brebis où une bête, qui cherchait son petit, nous a retenus longtemps. L'air est frais et il monte des brumes lentes du canal.

— Emily, mon enfant – il a un sourire gêné comme s'il disait un gros mot – vous permettez que je vous appelle ainsi, vous savez que vous m'êtes chère comme l'une de mes filles. Qu'avez-vous ? Tout le monde vous voit préoccupée depuis quelques semaines. Dorothy s'en est ouverte à moi et je vous ai observée.

J'ai les mots au bord des lèvres mais il me prend de vitesse.

— Quelque chose vous rend malheureuse ici ? Avez-vous le mal du pays ?

— Oh, non, révérend, au contraire. C'est ici que je me vois construire ma vie.

Il s'arrête et me dévisage. Je dois être rouge comme une pivoine, je sens la sueur perler sur mes tempes. Il fourrage nerveusement dans sa poche.

— Bien sûr, bien sûr.... Vous êtes une jeune fille accomplie. Je comprends que vous rêviez de fonder un foyer. Vous êtes peut-être un peu jeune, mais....

Il sort les mains de ses poches, les y replonge.

— Bien. John est un brave garçon. Je ne m'opposerai en rien....

— Non, pas John !

Le cri m'est venu du cœur. Quoi ! Cet échalas toujours trop pâle et maniéré ! C'est ce qu'il croit ? Il sursaute et me fixe maintenant avec gravité et une lueur d'inquiétude.

— Harry ? Là, jeunes gens, il faudra patienter. Harry est trop jeune pour fonder une famille. Je veux l'envoyer en Angleterre pour être ordonné diacre, mais pas avant deux ans. Si vos sentiments sont toujours affirmés l'un et l'autre quand il reviendra, je vous accueillerai avec plaisir pour ma belle-fille, Emily.

Il n'a pas l'air très persuadé de ce qu'il dit et tout son corps trapu se dandine en murmurant comme pour s'en persuader :

— Harry, Harry...

— Oh, révérend ! Non !

Cette fois, je me lance. Les mots me sortent de la bouche comme les eaux du torrent qui forcent un ressaut. J'essaye de mettre dans ma voix la conviction froide de celle qui a mûrement réfléchi, mais je sens les ombres tremblantes qui l'habitent encore.

— Révérend, c'est Aneki ! Nous voudrions nous marier. Il est veuf depuis cet hiver. Il parle un bon anglais et moi-même je m'exprime en yamana. Il est honnête et travailleur. Il viendra à la religion. Il peut avoir une excellente influence sur les autres Indiens, il sera un modèle…

Je débite mes arguments à toute vitesse tant qu'il me reste du courage.

Le pasteur semble frappé par la foudre, même ses mains ne s'agitent plus. Je tente encore quelques mots qui ont l'air de mourir comme des vaguelettes à l'assaut d'une plage.

— Oh, révérend, je vous en prie, si vous souhaitez mon bonheur comme un père, donnez-moi votre bénédiction.

Silence. Je tremble, pas lui. Il m'attrape par le poignet, mais ce n'est pas la douceur d'Aneki, plutôt un croc qui m'immobilise.

— Vous êtes complètement folle, ma fille. Epouser un sauvage ! Croyez-vous que je me rendrais complice d'un égarement pareil ? Réveillez-vous ! Dieu nous a amenés ici pour porter les lumières de la foi, pas pour la fornication – le mot a claqué dans sa bouche. Jamais vous ne formerez un couple chrétien avec cet individu. Aneki est peut-être très malin et doué pour certaines choses, mais il n'a aucune valeur morale. Il reste dans l'obscurantisme de sa race, toujours prêt à courir nu à je ne sais quelle cérémonie mécréante. Dieu du ciel ! Vous imaginez-vous affublée d'enfants moricauds ? Avez-vous envie de passer vos jours dans une hutte malodorante, à ronger des moules ?

Je suis éperdue, me jette dans une ultime bataille.

— Mais nous pourrions aller à Itulia, construire une vraie maison. Un bon potager et les soins du troupeau seraient une aide pour tout le monde. Nous serions loin de ceux que cela pourrait choquer. Aneki est prêt à se faire chrétien…

— Assez !

Le voilà revenu de sa surprise, c'est lui le chef, le pasteur, et moi la brebis égarée.

— Je m'en veux de vous avoir laissé cette liberté dont vous avez fait bien mauvais usage. Vous me décevez profondément. Au moins n'avez-vous pas péché ?

— Oh, non, révérend. Nous nous considérons comme fiancés.

— Fiancés ! Il ne manquait plus que cela. Vous allez immédiatement rentrer à la maison et je vous défends de sortir plus loin que le potager. La fréquentation des Indiens, votre emportement à les défendre que j'avais déjà noté et votre irresponsabilité ont déjà causé bien des dégâts. Vous mesurez mal combien cette race peut être sournoise et calculatrice. Aneki ne pense qu'à obtenir du pouvoir à travers vous, pour régner sur ses semblables et obtenir toutes les faveurs. Il a exploité votre immaturité qui confond bienveillance et aveuglement. Je ne vais pas en informer le pasteur Mac Kay qui serait au désespoir d'être à la source d'un tel embarras. Mais sachez que, dès à présent, je réfléchis à vous renvoyer en Angleterre, à moins que vous ne me donniez les preuves immédiates que vous vous amendez et demandez pardon à Dieu de ces folies coupables. Maintenant rentrez, je vais de ce pas parler à ce criminel.

Il me traîne par le bras, je titube. Je ne sais ce qui l'emporte en moi de la colère ou du désespoir. Nous dévalons la colline, il me jette à l'intérieur de la maison et je me réfugie dans ma chambre, hébétée, en larmes, sous les yeux interrogateurs de toute la famille. A peine une demi-heure plus tard, j'entends à nouveau la porte.

— A table, Emily ! et cessez vos enfantillages.

Personne ne regarde mon visage bouffi. Cette hypocrisie rampante me submerge. Ils sont tous avec lui, sans même savoir pourquoi. Je suis redevenue celle que l'on tolère et qui dérange. Je n'ai plus de famille. A la fin du bénédicité, le révérend enfonce le clou.

— Et prions pour Emily, que Dieu lui donne la force de sortir de son aveuglement et de ses coupables projets.

Long et lourd silence, incompréhension, tension palpable. La salle est obscure comme en plein hiver, car le dîner est en retard. Le feu éclaire des demi-visages fermés. Seul Joachim tente un regard coulé.

L'aube m'a trouvée appuyée à la fenêtre. Le jour peine, tout en gris contre le carreau. Je n'ai pas besoin d'aller voir. Je sais qu'un canoë glisse déjà dans la brise d'ouest, que la vieille Rosy a repris la pagaie et qu'une silhouette est immobile, dressée à l'avant. Chassés, comme des malpropres, comme des domestiques voleurs, comme des êtres inférieurs ! Je brûle, j'ai honte, j'ai peur.

Pour la première fois de ma vie, je voudrais être morte.

Les ibis sont repartis vers le nord. Commence une saison de prison. Le pasteur a parlé à sa femme et maintenant tout le monde est au courant de « ma folie ». Les hommes font comme si de rien n'était. Dorothy n'en parle pas non plus, mais me jette des regards inquiets comme si j'allais me métamorphoser en Indienne sous ses yeux. En fait, je la suspecte de m'en vouloir de ramener dans la maison une sauvagerie qu'elle s'appliquait à maintenir au-dehors. Fiona a des petits rires sournois et une mine faussement apitoyée. Elisa ne peut que murmurer :

Ma pauvre petite fille ! Sans que je sache si elle plaint mon malheur ou mon erreur. Ce qui me fait le plus mal, c'est que je n'ai plus le droit non plus de m'occuper des filles, comme si j'étais pestiférée ou que mon comportement pouvait être contagieux. Ce n'est que la nuit, comme il n'y a pas d'autre chambre pour moi, que nous continuons à affronter l'hiver toutes les trois dans le même lit. Elles n'osent pas me parler puisqu'on le leur défend, mais Beth persiste à enfouir son visage dans mon cou et c'est l'un de mes seuls réconforts. Je pleure la nuit, mais durant la journée, je ne veux pas leur donner ce sens de leur victoire et de ma soumission. Quand je pleure, tout se mêle, Aneki, le paradis perdu d'Itulia, père mort, Greg si loin que je ne le connais plus, mère qui n'a jamais été, le bonheur de la renarde.

Le froid a figé le jardin qui n'a plus besoin de mes soins et je tourne en rond dans la maison. Si je m'approche d'une casserole, Dorothy me la prend des mains comme si je risquais d'y répandre un poison. Je tourne les pages de la bible dont le pasteur m'impose la lecture pour ma rédemption, mais mon esprit ne peut pas se fixer sur les textes. Même les passages qui me plaisaient tant, la fuite en Egypte ou Noé, me paraissent de vieilles lunes ridicules. Je reste des heures devant la fenêtre, faisant semblant de prier, regardant la neige tomber, le brouillard errer sur les cimes. Je ne rêve plus. Penser à lui, penser à autre chose, tout me fait mal. Parfois je les hais tous, une haine pure et brutale, froide, un mépris pour leur pensée étriquée. Parfois je me hais moi-même et je ne sais pas pourquoi. Est-ce de n'avoir pas assez lutté, de ne pas m'être enfuie avec Aneki ? M'asseoir au milieu du jardin endormi sous la neige est ma seule récréation. Je reste parfois des heures, comme une vieille souche sous les intempéries. Personne ne semble y prêter attention. Je contemple ma douleur, je me lèche l'âme comme un animal sa blessure, j'expie ma faiblesse, mon inconsistance et ma haine. Oui, de mère ou de moi, il aurait mieux valu que le choix de Dieu soit différent.

Un jour, Joachim s'est glissé vers moi.

— Yekadahby !

— Tais-toi, Yekadahby est morte.

— Mademoiselle, tu exagères. Je te vois bien vivante. Triste, mais vivante.

— Mais je suis morte en dedans. Plus rien n'a de goût, je n'ai plus d'envie, même pas celle de me lever le matin. Je me sens comme une pierre dans le courant. La vie passe, et moi je ne bouge plus, enfoncée dans la vase. Tu es trop jeune pour comprendre ces choses-là.

— Tu n'as pas le droit de parler comme cela. Je comprends très bien que tu es amoureuse d'Aneki et que père est furieux parce qu'une femme européenne ne peut pas épouser un Indien. J'ai bien compris, tu sais, qu'il a peur que cela donne du pouvoir à Aneki, peut-être plus que le sien. S'ils se sentent puissants, les Yamanas pourraient arrêter de rentrer dans nos vues, refuser d'apprendre nos pratiques et notre religion. Ils pourraient même nous faire la guerre pour que nous partions et qu'ils retrouvent leur tranquillité d'avant.

— Impossible, Aneki ne veut pas la guerre, il veut vivre comme nous. Si je le lui demande, il acceptera de se faire chrétien. Il aime apprendre de nous.

— Eh bien ! Tu dois savoir mieux que moi ce qu'il veut. Mais regarde, nous aussi nous voulons bien apprendre des Indiens, mais ce n'est pas pour cela que nous voulons en tous points vivre de la même manière. Serais-tu prête, toi, à vivre comme eux pour le suivre ? Dans la hutte enfumée, à manger des moules toute la journée, comme dit père ? Tu sais bien que non.

— La question n'est pas là. A la maison, ils ont des préjugés, ils sont tous bornés et ne peuvent pas tolérer qu'un Indien arrive à leur niveau. Ils les préfèrent nus et dépendants. Ils préfèrent se moquer d'eux.

— Tu es injuste. Je me souviens que quand tu es arrivée, tu disais toi-même que les Yamanas étaient répugnants et incultes.

— J'avais tort, je ne les connaissais pas.

— Tu sais, Emily, je t'aime comme ma sœur, je ne veux pas te voir triste. Si tu veux, je vais me renseigner pour savoir ce que devient Aneki.

C'est bien la première fois que le garçon m'appelle par mon prénom.

— Oh, tu ferais cela ?

— Moi je peux facilement aller au village. Tout le monde sait tout, chez eux. Mais je te préviens, ça se payera d'un nombre incalculable de puddings aux calafates. Tu n'auras pas assez de mains pour les cueillir.

Dorothy nous observe depuis un moment par la fenêtre, et elle sort pour savoir ce qui se trame, je suppose.

— Ne restez pas là, il fait froid, il ne faudrait pas, en plus, avoir à vous soigner.

Nous rentrons sans relever le « en plus » inutilement blessant.

Le soir, le révérend, qui a bien sûr été informé, ne réprimande pas Joachim. Au contraire, il m'adresse directement la parole, la première fois depuis deux mois.

— Emily, il faudrait retailler des vestes et des pantalons pour tout le monde. La saison dernière a été longue et nos vêtements sont en piètre état.

Il semble donc que ma punition soit partiellement levée. On me reparle, mais uniquement pour l'indispensable, le pratique, et souvent du bout des lèvres. Je reste la mauvaise herbe, la réprouvée, la folle. Au moins, j'ai quelque chose à faire, même si je n'ai toujours pas le droit de m'éloigner de la maison. Je me plonge dans les tissus de drap bleu, les patrons et les aiguilles. Je me souviens de mon arrivée, de cette nature sauvage qui a touché mon cœur, de mes espoirs d'en faire mon alliée, de tout ce que j'en ai appris avec Joachim et les Indiens. J'en suis retranchée, condamnée à la voir derrière un petit carreau où la pluie tambourine.

Quelques jours plus tard, Joachim m'apporte des nouvelles. Aneki est en face, au débouché du canal Murray qui conduit au cap Horn, il y a des îlots protégeant la baie de Wulaïa. Quelques centaines de Yamanas y vivent l'hiver et c'est là qu'ils font leurs cérémonies. Je n'en sais pas plus, mais cela me suffit pour l'imaginer, à quelques kilomètres, pêchant et chassant. Son visage et son corps se remettent à me hanter. C'est moi maintenant qui réponds distraitement quand on m'adresse la parole. Je me construis une double vie : Il y a Emily qui tire l'aiguille dans une maison obscure, et Emily qui pagaye et bavarde sur la plage de Wulaïa, une Emily libre.

Alors, une profonde résolution prend forme. Je vais aller à lui. Joachim a raison. Ces peuples vivent là depuis des siècles, en harmonie avec la nature. Je repense aussi à ce que disait le Dr Hyades : loin des Européens, les Yamanas sont plus heureux et en meilleure santé. C'est moi qui vais m'échapper. Je vais vivre avec eux et les aider à garder leur vie sauvage. Cette idée est si simple que je m'en veux de ne pas y avoir pensé plus tôt. Cette voie lisse et claire me redonne goût aux choses. Je me plie à toutes les corvées en me disant que ce sont les dernières. J'ai seulement soin de cacher la joie qui m'habite. Maintenant, au long de ces jours sombres et ces nuits froides, je ne fais plus que penser à l'organisation de ma fuite et de ma vie future. Quand je sors dans la cour, je m'applique à reconnaître les oiseaux aux traces de leurs pattes, à me souvenir de ce que j'ai appris du temps en regardant les nuages et la couleur du canal. Je hume l'air, je touche les troncs des arbres pour percevoir la sève. Je me prépare à ma nouvelle vie. Il faut me faire un allié définitif de Joachim pour qu'il porte des messages et m'aide à chaparder et cacher le matériel dont j'aurai besoin. Nous voilà à nouveau dans le jardin où l'on nous laisse parfois seuls, comptant sur sa bonne influence sur moi.

— Joachim, je peux te dire mon secret ? Ne pense pas que c'est une folie, j'y ai mille fois pensé.

— Je crois bien que je devine, mademoiselle. Tu prépares une fuite. Tu vas partir et rejoindre Aneki.

Ce garçon me laisse sans voix, ne serait-il pas un peu Yekamush ? Il remonte son sourcil gauche en accent circonflexe, comme il le fait quand il s'apprête à jouer un bon tour.

— Tu sais, je commence à te connaître, reprend-il, je t'observe. Ce calme tout à coup, je vois bien que ce n'est pas normal, enfin, pas pour toi. Oui, tu es folle, mais je n'ai pas le moyen de te soigner, alors je vais t'aider.

O mon cher, mon très cher Joachim. Je t'aime comme un frère, tu es mon nouveau Greg, celui sur qui je peux compter, encore et toujours.

Il reste trois mois de mauvais temps, c'est assez. Joachim fait passer des messages, cache dans une grotte près du rivage ce qui me sera utile : quelques conserves, des haricots et de la farine enfermée bien au sec dans une toile huilée, des couteaux, une hachette, des vêtements. Il est là, efficace, malin, une lueur d'excitation dans les yeux. Nous nous forçons à ne pas nous regarder quand le révérend peste que les Yamanas lui ont encore volé ses instruments. Le complot se monte prudemment. Aneki sera prêt à la nouvelle lune d'octobre et l'obscurité protégera notre fuite.

Ce matin, depuis le jardin, je vois passer un groupe d'orques. Elles s'aventurent rarement dans la baie. Les grandes nageoires en forme de faucille ont l'air de flotter à la surface et on devine la tache blanche sur leur corps noir et puissant. C'est un signe. Les orques portent les âmes des Yekamushs disparus. Elles viennent, tournent, folâtrent. J'imagine qu'elles sont là pour moi, comme une approbation à mon projet. J'aimerais connaître les paroles sacrées avec lesquelles les Yamanas implorent leur bénédiction. Je cherche à capter mentalement leurs esprits. Des Indiens les ont vues aussi et j'entends, montant du village, toute une effervescence que je brûle de partager. Si elles restent jusqu'à l'heure du déjeuner, je décide que ce sera un signe favorable. A chaque point d'aiguille je lève le nez vers la fenêtre qui donne sur la baie. Elles tournent toujours, cherchant des otaries. Plusieurs fois elles font mine de s'éloigner et mon cœur s'arrête de battre. Puis elles virent à angle droit et reviennent inspecter les plages. Lourdes et longues minutes.

— Emily, vous rêvez ? Nous passons à table.

Merci ! O merci, amis orques. Vous serez ma chance, je suis sous votre protection.

En début d'après-midi, les animaux finissent par s'éloigner vers l'ouest, lentement, en maraudant.

Nuit d'encre. Je tremble dans mon lit. Je guette la respiration calme des filles. Rien à signaler. C'est ce soir. J'ai entendu la maison s'endormir, les craquements du coffre qu'on ferme dans la chambre contiguë de John, les voix qui se sont éteintes dans la grande pièce, les portes qui se referment. Il n'y a pas de vent et le grand silence n'est troublé que par quelques grattements d'insectes dans la charpente et les soupirs d'un bois qui travaille. Lentement, je m'extrais du lit où je suis déjà tout habillée. Je sors d'en dessous les derniers effets qui ne sont pas encore cachés dans la grotte.

Le plus dur reste à faire : ouvrir la fenêtre. Je dégage millimètre par millimètre la barre de bois qui la ferme et tire le battant. Le moindre bruit m'immobilise, je ruisselle de sueur. L'air glacé me percute la poitrine, pourvu qu'il ne réveille pas les enfants ! Mon baluchon, ma cape… j'atterris sur le sol encore mou après la fonte des neiges.

A chaque seconde j'imagine des appels, les lampes qui s'allument, la porte d'entrée qui grince. Au jugé je file vers la grotte, le sol est inégal, mes jambes en coton, je trébuche. Mes pas font un vacarme assourdissant sur les anciennes herbes.

— Emily, Yekadahby.

Le chuchotement est sorti du noir, un peu sur ma droite. Sa main me saisit.

— Doux, doux, là, la pirogue, tout est dedans.

— Même le fusil ?

— Tout.

C'est le dernier exploit de Joachim, dans l'après-midi, il a sorti discrètement de la remise l'un des fusils et une boîte de cartouches. Je me sens plus assurée de l'avoir avec moi, même si je serais incapable de tirer sur un être humain, aussi féroce soit-il. Aneki rapproche comme la première fois nos deux visages l'un de l'autre, nez contre nez, front contre front. Il est calme, comme si nous avions tout notre temps. Un peu de paix me revient. C'est lui qui s'installe à la pagaie, lui seul peut nous guider quand les nuages ont englouti jusqu'à la lueur des étoiles. La côte ne se devine qu'à son odeur de vieux bois et au claquement d'une vaguelette venant mourir sur le rivage. La pirogue file dans ce noir de fin du monde, seulement cadencée par la pale qui plonge avec un rythme d'horloge. Je n'ai plus aucune peur, je m'abandonne à la nuit, à Aneki. Ce voyage obscur est une renaissance. Comme un enfant quitte le sein de sa mère pour naître à la lumière, ce noir me protège et va m'ouvrir à une vie nouvelle. Au bout d'un moment, nous avons dû quitter l'abri de la côte, car, comme les aveugles, je détecte que l'espace s'est élargi autour de nous et que nous rejoignons le canal. Des heures durant, Aneki ne donne pas un signe de fatigue. Nous avançons vers l'ouest. Notre projet est de partir du côté du pays des Alakalufs. Il y a des myriades d'îlots où nous pourrons nous cacher. Je sais aussi qu'Aneki ne veut pas fuir chez les Yamanas et rester à la merci de l'un ou de l'autre qui pourrait vouloir se faire bien voir du pasteur et nous dénoncer. Passent les heures, une bande laiteuse s'insinue dans l'est. Graduellement le noir cède à un gris profond, puis plus pâle, et qui se teinte de rose. Le jour monte de derrière les nuages. Je regarde Aneki, je le détaille, celui pour qui j'ai fait ce choix si définitif, pour qui j'ai pris ce chemin sans retour. Agenouillé, vêtu seulement de son cache-sexe malgré la nuit froide. Il a dû soigneusement s'épiler, ses joues et son menton glabres font ressortir les pommettes hautes. Les yeux noirs effilés me dévisagent calmement. Il n'y a ni peur, ni surprise, ni questionnement dans ce regard, il est juste posé sur moi, comme une évidence. La frange lisse descend jusqu'aux sourcils et les cheveux s'étalent dans le cou lui donnant un aspect doux, presque féminin, démenti par des bras puissants qui rament comme s'il venait de commencer. Que peuvent dire un corps et un visage de l'âme qui les habite ?

Nous plongeons dans le regard l'un de l'autre. Sa pupille ressemble à une petite, toute petite porte d'entrée vers un monde intérieur. Je le connais si peu !

Il a cette lueur amusée du gamin qui joue un bon tour, mais aussi une pointe de gravité. Mesure-t-il la folie de cette entreprise ? Pour moi, il quitte sa famille et son clan, prend le risque d'une vie de paria, sans cesse pourchassé. Je veux aussi lire dans son regard la tendresse, la quête de l'autre qu'on appelle l'amour. Mais qu'est-ce que l'amour pour lui ? Nous n'avons jamais échangé les mots tendres que les amoureux sont censés se dire, nous ne nous sommes jamais embrassés. En réalité, j'en suis incapable, je ne sais pas comment on fait. Je ne suis même pas sûre d'en avoir envie. Nous sommes là, seuls dans ce bateau, partis pour être mari et femme. Mais avec lui, c'est tout une autre vie que j'épouse.

— Où allons-nous ?

— Là, au bout, dit-il en montrant l'ouest.

— Ils vont nous chercher.

— On se cachera tout à l'heure, dans les bois, pour le jour.

La fuite continue jusqu'au milieu de la matinée. Nous sommes arrivés à mi-chemin d'Itulia, quand il pique vers la côte. Avec précaution, nous tirons le canoë d'écorce et le cachons sous des feuillages. Pendant qu'il rassemble des branches pour faire un abri, je décharge le bateau. Nous mangeons du pain et du poisson séché que j'ai volés. C'est ma nuit de noces, sous ce couvert dérisoire, sur un lit d'herbe. Je me laisse conduire, son corps sur le mien, sa peau sur la mienne. Je ferme les yeux, j'accueille ces odeurs étranges, ces mouvements instinctifs, cette montée d'un long tremblement. C'est donc ainsi ? Je ne peux pas dire si c'est agréable. C'est autre, comme si un sixième sens m'était donné qui vient du fond du ventre. J'ai un peu mal, il gémit, un liquide tiède coule entre mes cuisses. C'est donc ainsi. Le vent s'est levé qui agite notre toit de feuilles, un éclat de soleil pâle joue à travers les branches. Il me tient étroitement enlacée. Nous ne bougeons plus. Je suis une femme, il m'en vient tout à coup une étrange fierté. Il s'endort et j'aime ce poids abandonné sur moi. Je veux graver dans mon corps toutes ces sensations, car ce jour est unique, cette heure est unique. Des brindilles me piquent le dos, j'ai froid aux pieds et aux jambes, ses cheveux glissent dans mon cou et je perçois la pression régulière de sa respiration contre ma poitrine. Coincée entre la terre et cet homme, je me sens légère, chaque centimètre de mon corps est vivant. Mon esprit s'échappe et contemple ces deux êtres, unis dans leur tanière comme depuis l'aube de l'humanité. J'écoute la forêt, le grincement d'un arbre, l'appel d'un canard, les grattements d'un rongeur. Je suis la forêt, je suis l'arbre et l'oiseau et l'animal qui détale dans les herbes. Je n'ai pas peur.

Nous fuyons quatre nuits encore. Deux d'entre elles sont ventées et pluvieuses et nous nous échinons dans le clapot. J'essaye de prendre ma part de rame, mais je peine, sans visibilité, à garder la bonne direction et j'ai honte de mes maladresses. Aneki est donc le plus souvent à l'arrière et j'alimente avec application notre petit feu sur son lit d'herbes humides. Pour allumer le foyer, les Yamanas se servent de morceaux de pyrite de fer qu'ils frottent l'un contre l'autre sur un tapis de cette mousse verdâtre qui pend des arbres. Chaque famille troque les précieux cailloux auprès des Alakalufs qui les récoltent je ne sais où. On les conserve sur soi dans un étui de peau. Mais il est d'usage de ne jamais laisser le foyer s'éteindre. Je le protège tant bien que mal de ma cape détrempée. Nous parlons peu, ce n'est pas un besoin, l'air est assez empli de présence. Je me sens dériver, figée sous la pluie, sans même m'apercevoir que je grelotte. Je ne sais pas ce qui absorbe mes pensées, à part le clapotis des gouttes, son sec sur l'eau du canal, son mat sur mes vêtements. Ce bateau est ma chrysalide, je ne sais quel papillon va en sortir, mais comme l'insecte je m'économise à l'extérieur pour laisser la révolution intérieure s'accomplir. Ces jours sont bien différents de ce que j'imaginais avant de partir. J'avais des pensées matérielles : vivres, fusils, couteaux, vêtements, alors que ce qui m'occupe ce sont les mouvements de mon âme. J'ai voulu cette plongée dans l'inconnu, je l'ai préparée, mais je me sens tel le marin débutant qui part en haute mer en prévoyant une belle brise et se retrouve dans l'ouragan. Alors, comme lui je m'élance sur le dos des vagues et me laisse porter par leur écume sans chercher à deviner sur quelle côte ce vent va me jeter.

Cachés par la nuit, nous ne croisons personne et atteignons la croisée des deux bras du canal. A certains signes, Aneki veut s'arrêter plus tôt. Nous accostons dans le recoin d'une grande baie et nous serrons sous les arbres en attendant le lever du jour pour construire notre hutte hâtive. C'est un endroit magnifique, un pur arc de cercle tournant le dos aux mauvais temps d'ouest. Comme il l'a deviné, le vent empire rapidement. Sur le côté nord il s'enrage contre une haute falaise, couine et gronde dans les pierres. Les arbres au-dessus de nos têtes ploient à angle droit et leurs jeunes feuilles feulent sous les rafales, le sable vole. De bleu sombre à l'abri du bord, les eaux virent au vert baratté pour finir à l'ouvert de la baie en un fouillis de lames blanches. Pour la première fois de ma vie, je suis à la merci de cette colère. Je me souviens de Doherty et de nos courses éperdues sous la pluie pour finir en sautillant gaiement devant le feu, les vêtements fumants. Je me souviens de cette jubilation à entendre le mauvais temps s'obstiner contre le carreau, bien au chaud dans mon lit à Ouchouaya, protégée par l'invincibilité de la pierre. Ici, nous sommes l'oiseau sur la branche ou plutôt le lièvre tremblotant dans son terrier. Au moins, cette tempête nous autorise à allumer un vrai feu pour la première fois, car nul ne se risquera au-dehors, qui pourrait le voir. Une vague tiédeur remplit la hutte, vite emmenée avec la fumée par les courants d'air permanents. Aneki, nu, sèche vite, mais mes vêtements de laine gorgée d'eau me sont une gangue froide et gluante.

— Enlève-les, ils portent la pluie avec eux.

De je ne sais où, il rapporte un paquet d'herbes sèches et me frotte la peau jusqu'à la faire virer à l'écarlate. Ma cape et ma robe étalées au soleil et au vent sur la plage attirent un beau renard qui les renifle avec précaution. Rien que pour cela, je me verrais bien m'établir ici, mais Aneki pense que nous sommes encore trop près d'Ouchouaya et des tribus qui nous connaissent.

Nous patientons la nuit suivante, puis passons la journée à griller des moules et un petit lièvre, commençant à parler, avec prudence, comme pour nous apprivoiser. Je lui raconte Doherty, père, Greg, ma vie à Grenook, lui me dit des contes, son père qui était le meilleur chasseur de cormorans jusqu'à ce qu'il tombe de la falaise. Son plus grand sujet est son chien préféré qu'il a dû laisser pour fuir et qu'il regrette déjà. Il me détaille comment il sautait différemment pour signaler à son maître le type de gibier : quatre pattes à la fois et très haut, c'était un guanaco ; plus bas, une loutre à la côte ; sautillant, c'était un lièvre. Il projette déjà de chasser un lion de mer qu'il échangera aux Alakalufs contre un ou deux de ces fox endiablés qui peuplent toujours les campements.

Encore deux nuits de rame, le bras nord du canal est trois fois plus étroit. De hautes rives abruptes, couvertes de forêt, ne laissent qu'une rue d'étoiles au-dessus de nos têtes. Régulièrement, nous croisons un glacier qui luit, bleuâtre dans l'obscurité, rivière figée soufflant son haleine froide.

Au sixième jour, le canal s'ouvre sur un chapelet d'îles. Nous devons maintenant prendre le risque d'une navigation de jour pour trouver un havre. Aneki connaît mal ces parages, nous zigzaguons. Tel endroit est trop exposé à la mer, tel autre trop à l'ombre, telle île est trop petite, telle autre n'a pas de forêt protectrice. Il observe le ciel et les oiseaux. Dans l'après-midi, nous arrivons à une petite baie ouverte à l'est. Elle s'enfonce sur le rivage d'environ cinq cents mètres et un îlot avec trois arbustes en protège l'entrée. Au milieu s'ébattent quelques couples de canards-vapeurs. Ces animaux ne savent pas voler, à notre approche ils utilisent leurs ailes comme des pagaies dont le claquement résonne dans l'air calme. Une otarie se dore sur la plage de galets, alanguie dans le soleil.

— C'est là.

Une frondaison de très vieux arbres, d'où pendent des chevelures de mousse vert pâle borde immédiatement le rivage. Leur répond l'entrelacs brun des laminaires qui feront le port de la pirogue.

— Pourquoi là ?

— Cachés du vent, avec la bonne forêt et le soleil du matin pour réveiller les os. Le canard le sait, l'otarie le sait. Ici sera Tushcalapan, la « baie du canard lourdaud ».

Tushcalapan. Voilà ma nouvelle vie, mon dernier bel été.

Les jours coulent et je ne les compte pas. L'aube nous trouve nichés l'un contre l'autre, économes de notre chaleur, nos corps emboîtés en S, sa main sur mon sein. Je sens qu'il s'éveille à son sexe qui se déploie contre le bas de mon dos. Il chemine doucement, je l'attends, je frissonne, il m'apaise. Je trouve maintenant des plaisirs à ces embrasements du corps. Le pasteur aurait peut-être appelé cela pécher, mais j'y vois la nature qui célèbre l'union qu'elle a voulue et qui perpétuera la vie. C'est trop joyeux pour être de la concupiscence. Il m'arrive dans la journée de repenser à ses mains brunes sur ma peau blanche, à l'énervement de mes sens. Je ne sais si ce que nous faisons est normal ou si c'est encore une façon spéciale aux Indiens. Comme pour le reste de ma vie, j'ai basculé du côté d'Aneki et il n'y a pas de marchandage possible. Je suis une femme yamana, même si je suis encore incapable de nager dans l'eau glacée ou de fabriquer des paniers d'herbes.

J'avoue que tout n'est pas toujours facile. A chaque instant je m'impatiente de manquer d'un broc pour rapporter de l'eau, d'une épice pour varier des éternels coquillages et poissons, d'un savon. Je me force à avaler du goosh, cette baie spongieuse auquel je trouve un goût de pourri et qu'Aneki semble déguster. Il m'arrive de rêver de confectionner les puddings de calafates dont raffolait Joachim, et je me désole de n'avoir aucun moyen pour conserver ce que la nature nous donne aujourd'hui et dont nous aurons besoin demain. J'ai parlé à Aneki de construire une hutte plus solide, légèrement surélevée pour ne pas être dans l'humidité du sol où moisissent mes vêtements de rechange, un vrai foyer avec des tubes en troncs creux pour conduire la fumée et ne pas avoir à choisir entre tousser et grelotter. Il m'a regardée avec son sourire moqueur :

— Hé, Yekadahby ! Pourquoi tout ce travail si nous partons demain ? La hutte, ce n'est que pour dormir, la vie est dehors.

Il a raison, mais parfois il me prend des angoisses à nous sentir si vulnérables. J'essaye de penser à la parabole des « oiseaux du ciel qui ne sèment, ni ne moissonnent, mais notre Père qui est aux cieux, pourvoit pour eux ». Je regarde les grandes aigrettes blanches, les hérons patients ou les jolies mouettes à bec rouge et me demande pourquoi je n'arrive pas à avoir cet abandon et cette désinvolture de moi-même quand tout, autour de moi, m'en donne le spectacle.

L'essentiel de la journée se passe à chercher notre nourriture ou à préparer les instruments nécessaires à leur collecte. Il n'est pas habituel pour les Indiens d'être longtemps éloignés du groupe familial. Normalement, une communauté rassemble de dix à vingt personnes et permet l'entraide. Cachés pour un temps indéterminé, nous devons remplir tous les rôles. Notre île est grande et couverte de bois dans sa plus grande part, d'autres baies plus rocheuses ou plus exposées bordent les côtes sud et ouest, et le versant Nord n'est qu'une grande falaise. Dans l'Est où nous sommes, il y a notre petite baie, une vaste plage de galets, propice aux moules et aux oursins, enfin un grand nombre de combes étroites où des ruisselets se jettent dans la mer.

Je m'oblige à marcher pieds nus, pour économiser mes souliers pour l'hiver. Cela amuse beaucoup Aneki de me voir me tortiller en marchant et, le soir, il enlève avec son couteau les échardes de ma peau trop tendre. Je ne me suis pas, en revanche, convertie à vivre nue. La plupart du temps, je vais en jupon et chemise, pour m'habituer au froid. J'en souffre, surtout lorsqu'il faut rester à l'affût trop longtemps. Les paquets d'herbes sèches qu'Aneki me glisse sous les aisselles, prétendument pour me réchauffer, ne sont pas de beaucoup d'utilité.

Notre premier travail consiste à chasser une otarie ou un lion de mer. En ce début de printemps, les mâles occupent le rivage et attendent les femelles qui vont mettre bas et qu'ils vont ensuite couvrir. Aneki affûte soigneusement son harpon sur des pierres. C'est une pointe d'os de trente centimètres avec plusieurs barbules taillées, attachée par des courroies de peau sur une longue hampe de hêtre. Quand nous approchons à pied, l'animal se dresse sur ses pattes avant et gronde comme un chien. Aneki l'effraye en frappant deux morceaux de bois l'un contre l'autre, pendant que j'approche le canoë. Il n'est pas recommandé de chasser l'otarie à terre sans chien. Elle y est très rapide et agressive, ses fortes dents infligent des blessures qui guérissent mal. A l'eau, elle est plus calme et va et vient dans les petits fonds. Nous approchons en silence, l'arme siffle. Dès qu'elle est plantée, l'extrémité de la hampe pivote perpendiculairement au harpon. Le sang colore l'eau d'un cercle rose, le mâle se débat et cherche à gagner le large et la profondeur. Nous poursuivons la trace rouge et les remous. Il a des soubresauts de plus en plus lents, gêné par la hampe qui le freine et par sa blessure. Nous le suivons longtemps, commentant cette vie qui s'épuise. Profitant d'un moment où il fait surface, Aneki lui assène de violents coups de bâton sur la tête et le hisse dans le canot. Nous crions de plaisir. Ces bêtes sont devenues rares, mais celle-ci s'est offerte à nous et nous la remercions.

Le sang nous coule jusqu'aux coudes, il est encore tiède. L'animal est dépecé avec soin pour garder la peau intacte, et Aneki a taillé des carrés de viande, il gratte maintenant soigneusement les os pour ne rien laisser perdre. Il découpe à coups de poignet délicats, comme s'il ne voulait pas la blesser davantage, tout en chantant une mélopée pleine de petits cris et de grognements qui symbolisent la lutte de l'homme et de l'animal. Il lui parle, lui dit qu'elle est belle et bonne et que nous empruntons sa force et sa vitalité. Tout va servir, la viande, la peau, les tendons, les os, la graisse. Tout deviendra nourriture ou outil. Le soleil joue dans le pelage encore humide de l'otarie. Deux caracaras attirés par l'odeur fade viennent se percher sur les branches basses en attendant la curée. Je vais chercher le feu pour embrocher immédiatement deux énormes morceaux. Le jus dégouline, la chair à goût de poisson est ferme. Nous rions. Il y a deux ans, j'aurais hurlé d'horreur à voir cette sauva-

geonne, le chignon en bataille, la peau rougie par le soleil, les vêtements maculés, déchirant la viande à pleines dents.

« Sauvage un jour, sauvage toujours », disait le capitaine. Et voilà qu'une civilisée retourne à la nature et s'en porte très bien !

Le lendemain, malgré le gris et le froid revenus, nous chargeons notre butin sur l'esquif et partons vers le nord et la grande île où nous trouverons des hommes. Au cas où, j'ai caché le fusil sous les paniers.

En longeant la côte, nous finissons par repérer une fumée. Notre arrivée déclenche une grande agitation. Des individus viennent au rivage, armés de longs bâtons. Mais nous levons les mains, paumes en l'air, un signe de paix que tous les peuples comprennent. Ils ont l'air buté et inquiet. Nous offrons une grosse pièce de viande, en signe d'apaisement, qui est aussitôt mise à cuire. Les Alakalufs sont des sortes de cousins des Yamanas, comme eux ce sont des peuples de pêcheurs qui vivent dans leurs canots et sur les plages, sur toute la côte ouest de la Terre de Feu. Les unions entre eux se font à l'amiable. Les Onas, gens de terre, chasseurs de guanacos, sont leurs ennemis communs. Ils ont une langue assez différente de la nôtre, mais Aneki la comprend un peu et les gestes suppléent. Les palabres durent longtemps. Il n'est pas correct d'en venir trop vite aux faits. Nous comprenons qu'ils ont été récemment attaqués par les Onas. Il y a eu un mort, trois blessés, et deux femmes ont été enlevées. Les attaquants se sont approchés en bateau, ce qui n'est pas habituel pour eux. Ils ont dû dérober ces embarcations ailleurs et cherchent à

s'implanter dans le secteur. Les yeux roulent et les bouches se tordent, les hommes miment les grands guerriers décochant des flèches. Ma présence provoque aussi un flot de questions ponctuées de rires et d'exclamations. Les femmes me touchent les vêtements, la peau, les seins pour vérifier mon genre. Les hommes partent voir les chiens, s'installant à croupetons, la conversation enfle comme une vague, reflue, laisse place à des silences. L'affaire se conclut brusquement. Un petit bâtard poivre et sel est à nous, la viande et la peau sont à eux. La brume monte et nous repartons dans le gris, vers notre royaume, attentifs à des mouvements suspects sur le rivage qui indiqueraient un campement d'Onas.

Les jours se succèdent, en gris, en bleu, en vent, la chaleur monte dans l'air, les fleurs promettent leurs fruits. La vie se réduit aux fondamentaux : nourriture, habits, hutte. Je m'habitue à l'impermanence. Aneki m'apprend la traque lente du poisson : laisser sa main dériver dans le courant, à revers du soleil, sentir les écailles vous effleurer la paume, passer les doigts sous le ventre de l'animal et l'envoyer d'un coup sec au fond de la pirogue. Il me montre comment faire des lignes avec mes cheveux, des hameçons avec des arêtes de poisson. Mais surtout, je comprends que le succès de la chasse ou de la pêche réside dans le fait que l'on va deviner les réactions de l'animal, exciter sa curiosité, le leurrer sur de la nourriture ou l'imitation de l'appel d'un congénère. Pour cela, je suis assez performante. Je me sens une véritable proximité avec cette nature, et mes sens, depuis que j'y vis totalement, me paraissent incroyablement exacerbés.

Il nous faut souvent les trois quarts de la journée pour attraper nos repas. L'Indien ne prévoit pas, n'entasse pas, ne conserve pas. Si la chasse a été bonne et que cela nous suffit pour deux ou trois jours, nous passons de longs moments d'oisiveté dans la tiédeur du soleil, allongés comme des lézards, ou nous décidons que la hutte est trop vieille et nous nous transportons de quelques mètres. Je m'essaye à faire un manteau de peau d'otarie, car un jour mes vêtements seront à bout d'usure, mais le fil de tendon et l'aiguille d'os me cassent dans les mains et Aneki se moque comme toujours, gentiment.

— Tu iras comme une femme, avec la cape sur les épaules.

Je ris un peu jaune, mais pour le moment c'est l'été et je n'ai nul besoin de manteau.

Je me laisse bercer par cette routine que d'autres jugeraient ennuyeuse. Tantôt elle est douce et drôle comme un jeu d'enfant, tantôt je m'émerveille, parfois je m'agace mais cela ne dure pas. Plus le temps passe, plus je sens ce corps à corps, tête à tête, cœur à cœur avec le vivant qui m'entoure. Je parle aux arbres, aux insectes, aux plantes et, sans doute, ailleurs, on me croirait folle. Mais, en dehors d'Aneki, il n'y a personne pour faire la conversation et je m'invente des personnages qui me deviennent étrangement familiers, au point que j'ai l'impression de m'identifier à eux. Il m'arrive de suffoquer comme le poisson que je tire de l'eau, ou de sentir mon pouls s'accélérer quand le collet se referme sur le lièvre. Alors, je leur chuchote ce qui me passe par la tête, je leur explique que j'ai besoin d'eux comme l'a fait Aneki avec l'otarie, et il me semble que cela les apaise tel un mourant à qui on raconte la vie future de ses enfants et petits-enfants, en guise de consolation. Je deviens si attentive au comportement de chaque animal que j'en tire des conclusions qui frôlent le paganisme dont se plaignait le pasteur. Je me moquais de la vieille Rosy qui disait voir en rêve si la chasse serait bonne, mais maintenant la chouette qui crie, le chien qui geint me sont aussi des signes sur le succès de la pêche.

Ces quelques mois m'ont plus changée que mes années de vie à Doherty ou Grenook.

*

Un jour restera gravé à jamais dans ma mémoire. C'est un matin clair, la lumière est tranchante, la plage vide dans un air d'abandon et d'indifférence. Aneki est parti écorcer les hêtres pour faire une pirogue neuve. Les bateaux ne durent guère plus d'un an au contact râpeux des galets. J'ai décidé de pêcher seule et de lui faire la surprise d'un panier de coquillages. Je suis nue, abandonnant l'ultime protection des vêtements. Je tremble, ce n'est ni de froid ni d'une pudeur que personne ne peut déranger, mais du sentiment que je ne suis rien, rien d'autre qu'un corps, un amas de peau, de chair, de muscles et d'os. Je suis semblable à ces animaux qui tombent sous la lance d'Aneki, seulement séparée d'eux par mon esprit. Dépouillée de tout sur cette plage perdue, je suis au stade ultime du détachement de ce qui a fait ma vie d'avant. Ce n'est pas ce que j'avais prévu. J'avais imaginé un mélange qui n'aurait retenu que le meilleur de chaque mode de vie : une solide maison, l'élevage et la culture, la religion, mais aussi la connaissance de la nature, les pratiques ancestrales, la communauté possible des peuples. La fuite ne m'a pas donné d'autre choix que cette nudité de l'âme et du corps.

Je plonge. L'eau glaciale me cogne contre la cage thoracique, me coupe la respiration, agresse chaque centimètre de mon corps et, comme un embrasement, tétanise mes muscles. Mon panier d'une main, un couteau dans l'autre, je fonce vers la tache sombre du pâté de rochers, battant des pieds et des mains comme un chien. Même ouvrir les yeux est une souffrance. Je détache une par une des moules grosses comme la moitié d'une main. Je me dépêche avant que le manque d'air ne me fasse suffoquer ou qu'une crampe ne me saisisse. C'est trop, je vais me solidifier sur place, je dois regagner le rivage sous peine de disparaître, de me dissoudre dans cette eau trop claire. Ma récolte est maigre. Il faut y retourner encore une fois, et puis une autre. Je n'ai pas le droit de démériter, j'ai voulu cette vie. Les applications de graisse n'y font rien, à la quatrième plongée, je me sens molle et faible comme une méduse. Je cours sur la plage et me frotte d'herbes pour ramener le sang à mes membres morts. J'ai à peine de quoi assurer le repas de ce soir, mais je suis au-delà de mes limites et sans courage pour continuer à chercher des oursins. Je me rhabille et m'accroupis, les bras serrés autour des genoux pour laisser la chaleur remonter depuis le creux de mon ventre. La plage tiédit lentement, le soleil éclabousse l'îlot, le faîtage des trois petits arbres a l'air d'être enduit de miel. Je suis là, aussi immobile que les rocs alentour, les goélands s'y trompent qui me frôlent.

Le cerveau vide, toute pensée racornie par le froid ou la fatigue, je me laisse habiter par une multitude de sensations. Je sens mon corps peser vers le sol, il me semble qu'il coule entre les pierres, contourne les racines et les graines, chemine dans le noir de la matrice terrestre pour s'ancrer sur les vieilles roches. Comme une plante, je pompe l'énergie de cette terre et je la vois enrichir le courant rouge et chaud de mon sang. Je suis habitée des battements de mon cœur qui me font vibrer jusqu'au bout des doigts. La pulsation ralentit et finit par rentrer en concordance avec un pouls lent, celui de l'univers. J'entends le chuintement de la vague et je suis la goutte d'eau qui mousse une fraction de seconde, s'abat, s'infiltre entre les grains de sable, les malmène, les lave et les aspire irrésistiblement dans son reflux. Je regarde le hêtre torturé qui se tend au nouveau soleil, je circule sous la vieille écorce, je suis la sève qui s'étrangle dans des vaisseaux trop étroits. Je distingue le crissement du bousier qui roule son fardeau, hésite, soupire, repart. J'entends le froufroutement de l'aile qui bat l'air, le glissement de la rosée qui abandonne la feuille à regret pour s'écraser sur la mousse. Le monde devient un vacarme, d'appels, de grincements, de craquements, de sifflements, ces bruits d'une vie qui court droit devant elle. Des couleurs dansent devant mes paupières closes. A chaque nuance, il me semble que correspondent un sentiment, un cri de joie, de colère, de souffrance, lancé par ces êtres innombrables autour de moi, chacune est une envie ou un regret. Je suis assaillie de toutes parts, d'odeurs, de bruits, de touchers. Je perds pied, la tête me tourne. Je me sens comme les funambules que nous applaudissions à la foire de Grenook, mais sous mon fil d'équilibriste s'étend un gouffre sans fin, empli de cette rumeur du monde. Ce n'est pas seulement avec mes oreilles que j'entends, pas seulement avec mes yeux que je vois, mais avec chacun des pores de ma peau, qui sont soudain béants à tous les vents. Je voudrais que cela cesse, mais je n'ai pas plus le pouvoir de m'extraire de cet univers que n'en a la branche de faire cesser le vent qui l'agite. Je reste là, posée sur la plage, impuissante et ouverte, abandonnée à ce déferlement.

Je ne sais pas combien de temps je suis restée ainsi. Puis j'entends la voix d'Aneki se frayer un passage dans ce brouhaha, un appel ténu et cotonneux, comme lorsque l'on vous sort d'un profond sommeil.

— Yekadahby ! Emily ! Reviens !

Je mets toute mon énergie à ouvrir les paupières. Tout est flou et incertain, plongé dans un épais brouillard. Seuls émergent les deux yeux sombres d'Aneki et sa voix lancinante qui m'appelle. Je reviens dans mon corps. Dans la baie, trois grands ailerons d'orques rôdent.

— J'ai vu les orques, j'ai couru, je les ai vues en toi. Elles t'ont choisie, elles te veulent.

Il y a une sorte de révérence dans sa voix.

— Les orques, pourquoi ?

— C'est elles qui choisissent les Yekamushs. Elles t'avaient pour eux. Elles te donnaient le pouvoir, celui de te fondre dans la vie des plantes, des bêtes et des hommes.

— Non, j'étais juste bizarre, je crois que je n'ai pas supporté le bain froid, j'étais fatiguée, je rêvais.

Les trois grandes dorsales s'éloignent dans la brume du matin.

— Je t'ai appelée longtemps, tu n'entendais pas, tu étais ailleurs, là où elles t'ont envoyée. Cushi me l'avait dit, des choses sont autour de toi. Tout ce qui t'est arrivé est voulu.

Je suis trop lasse pour discuter. Cette histoire d'orque est une faribole, une superstition indienne. Est-ce que je ne serais pas en train de devenir folle ? Coupée de mes racines, de mes habitudes, de tout ce qui faisait mon quotidien, ne suis-je pas en train de divaguer ? Je frissonne de peur, ou de fatigue.

Au cours des semaines qui ont suivi « la journée des orques », j'ai eu la sensation qu'une forme d'innocence m'avait quittée. Je suis venue ici pour vivre une vie simple, de nature, et je suis comme une enfant dont le jeu a des conséquences inattendues. Est-ce une illusion ou la réalité, je ressens des absences, des éblouissements où l'avalanche des sensations que j'avais vécues sur la plage me reprend. Il m'arrive de me sentir oiseau, avec mon petit corps léger et mes plumes ébouriffées et je devine où il va s'envoler. Si je dis qu'il doit y avoir un phoque sur la plage, il est là, et j'éprouve son besoin de s'étendre au soleil. Plusieurs vies ont l'air de se côtoyer dans mon corps. Aneki me consulte sur le type de chasse ou de pêche qu'il faut entreprendre. Il m'attribue ses succès, me jette souvent des regards inquiets ou étonnés comme si je pouvais, telle une magicienne, disparaître sous ses yeux ou guider sa flèche. Je suis réticente à ses croyances, je me souviens de père qui racontait les histoires de fées et de lutins parlant aux animaux. Mais ce sont des fables pour les vieilles et les petits enfants. Il m'arrive de me mettre à prier quand j'ai ces sensations, pour les mettre à l'épreuve de Dieu et en chasser un mal secret. Mais Dieu ne daigne pas secourir sa pécheresse.

Hormis ces moments qui me laissent une angoisse insidieuse, la vie est belle. Nous avons trouvé avec Aneki un accord fait de peu de mots mais de mille regards, de caresses évoquées ou échangées. Jour après jour, nous cheminons en harmonie.

L'automne arrive, les bourrasques et averses claquent sur le feuillage. Les animaux sevrés, les oisillons nourris partent vers des terres plus hospitalières. Les ibis ont disparu. L'obscurité nous retient plus longtemps dans la hutte humide et dans les effluves de foin sur. Il m'arrive de rêver au coin de la cheminée, aux solides murs de pierre, à l'odeur des draps frais et de l'encaustique, aux conversations avec Joachim et aux babillages de Beth. De la quête de nourriture, je reviens de plus en plus souvent bredouille, le visage bleu de froid, les vêtements lourds de pluie qui font une flaque dans le tipi, sans sécher au maigre feu.

*

Il fait nuit noire. Je me réveille et je sens que la mort est là. Je vois tout en blanc, un voile de lait semble recouvrir chaque chose, dessinant à peine les reliefs.

— Aneki !

Il tressaille contre moi, immédiatement en éveil comme le sont les peuples perpétuellement en danger.

— Il se passe quelque chose, je ne sais pas quoi, j'ai peur. Une menace approche, je le sais dans mon cœur.

Il rampe vers son arc et ses flèches sans discuter et je me saisis du fusil.

— Attends ici, je vais voir.

Il soulève avec précaution la porte en peau. On n'entend rien que le murmure du ruisseau et le vent qui chuinte haut dans les arbres.

— Je ne vois rien, mais tu es yekamush, tu sais, tu sens. Ne restons pas là. Allons nous cacher dans la forêt.

Je suis le gibier aux abois, mon cœur fait un bruit de tonnerre. Nous sommes si fragiles, à peine protégés par quelques branches entrelacées. Qui saura si nous disparaissons ? Seuls les caracaras et les renards se régaleront de nos corps abandonnés. La menace est humaine. Elle approche. Je la sens jusque dans mes os. Nous rampons vers le couvert. Le ciel est dégagé et une demi-lune dispute sa faible lueur au jour qui pointe. Attente.

— Là !

Aneki a murmuré dans un souffle et écrasé la gueule du chien avant qu'il ne jappe. Une dizaine de silhouettes se dessinent sur la ligne de crête qui nous sépare de la grande plage, hautes, prolongées par le bonnet conique et l'arc immense qui paraît leur sortir de la tête : des Onas. Ils restent longtemps immobiles, prenant leurs repères sur la hutte qu'ils croient habitée. Une clarté gris-rose monte lentement avec l'aube. Attente. Brusquement, ils se dépouillent de leurs grands manteaux de guanaco et filent sans bruit entourer le tipi.

— Sortez ! On veut la femme. La femme blanche !

Ils parlent un mauvais yamana, mais sont cruellement compréhensibles. Rien ne bouge. L'un d'entre eux s'écarte, s'accroupit, produit une étincelle et enflamme un brandon qu'il lance sur la hutte, dont le bois mal séché se consume en fumée, pendant qu'ils hurlent en chœur. Cris de guerre, cris de haine, cris de chasseurs avides dont nous sommes le gibier. Ils ont compris que nous avions fui, mais la pirogue trahit notre présence sur l'île. Ils se déploient en demi-cercle vers la forêt, arcs bandés. Ultimes minutes. Aneki encoche une flèche et tire, mais gêné par le buisson, rate sa cible. Trois miaulements répondent immédiatement. Semi-consciente, je me cale avec le fusil contre le sol pour réprimer mes tremblements, je suis trempée d'une sueur qui pue la peur. L'homme le plus proche rampe vers nous, il est à cinquante pas, les autres entament un encerclement. Feu. Hurlements. Silence. La masse sombre gigote. Je recharge fébrilement et tire à nouveau. Craquements de branches sous les pas qui fuient. Le jour s'affirme. Dans la paix de la crique, j'ai tué un homme, moi qui, quelques mois plus tôt, pensais que cela serait impossible. Le sang tiède fume encore sur les herbes et le chien le lape. Le monde est sombre, les hommes sont fous qui se guettent et se piègent quand ils devraient s'aider. Lorsque l'on est si seuls et fragiles comme le sont ces peuples du bout du monde, on peut encore se faire la guerre ! Ils me voulaient pour proie. Le révérend a-t-il mis ma capture à prix ? Rêvaient-ils de me prendre comme un trophée, comme talisman, comme monnaie d'échange ou seulement comme une femme blanche donnant prestige et pouvoir à son maître ?

La hutte a totalement flambé et les braises rougeoient sur mes vêtements de rechange et les projets anéantis d'une vie sereine. Aneki est content que j'aie tué l'assaillant, il me félicite et met la précision de mon tir sur le compte de ces pouvoirs dont je serais investie. Moi, je porte pour toujours le poids de ce corps qui retourne à la terre.

*

L'automne reprend son cours. Nous avons déménagé dans une combe éloignée du rivage et cachons le canot sous les arbres chaque jour. J'ai peur la nuit et je vois l'homme à la tête éclatée danser devant la porte.

Je sais maintenant pourquoi le blanc est la couleur de la mort chez les Yamanas, car dès que la neige arrive, le gibier se fait rare. Un jour nous mangeons, un autre non. Je reste des heures à faire sécher des branches pour le feu dans le clair-obscur de notre tanière, à penser que je suis en train de donner raison au pasteur : « Passer vos jours dans une hutte malodorante, à ronger des moules. » Je me sens faible de corps et d'esprit, comme si c'était mon propre sang qui s'était vidé sur la grève. Aneki fait tout ce qu'il peut pour me faire rire, imitant les animaux, les hommes de son clan, la famille du révérend, mais le goût de cendre ne passe pas de ma bouche. Je ne sais plus prier.

Trois violentes tempêtes nous ont empêchés de sortir. Il tombe de la neige fondue quasiment à l'horizontale. Nous mâchouillons des tendons de phoques pour tromper la faim ; la faim, ce vide torturant, ce rien impossible à combler. A Ouchouaya c'est le temps où on sort les confitures et les légumes conservés au vinaigre, où l'on ouvre les sacs de pois et de viandes séchées. Le monde autour de nous est toujours somptueux, quand un rayon de soleil fait flamboyer la branche chargée de cristaux, quand l'herbe fume dans l'air glacé. Mais j'ai perdu la connivence avec la nature, son chant s'est éteint en moi, comme celui de la source figée par le froid. Il gèle à l'intérieur de la hutte et je me recroqueville sans sommeil, quêtant la chaleur d'Aneki.

Ce matin, je sors, m'étire pour faire passer les crampes, me frotte les membres avec de l'herbe humide jusqu'à en avoir la peau rouge et, instinctivement, pose les deux mains sur mon ventre. C'est aussi simple que cela. Aneki me regarde et s'illumine. J'ai eu le geste de toutes les mères. J'ai pris une vie et je vais en donner une autre. J'aurais dû m'en douter depuis quelques semaines, mais je refusais ce don de Dieu, comme s'il m'avait fallu expier une faute. Les pieds dans la neige, la tête dans les nuages, je suis saisie d'un grand frisson, semblable à celui de la journée de l'orque. Dans le noir de mon ventre flotte cette crevette d'homme, je sens sa pulsation tiède et le petit corps qui s'épanouit lentement. Le fruit de cet été sauvage.

Il neige abondamment. Souvent, le matin, il faut creuser pour sortir de la hutte et la purée froide s'infiltre partout. Il est bientôt évident que nous ne pourrons pas tenir. Malgré toute la science d'Aneki, notre nourriture se réduit à quelques herbes fanées et des coquillages. Je vois dans ses joues creuses et son teint blême le reflet de ma faim. La traque d'un guanaco, dans cette neige fraîche, nécessiterait plusieurs hommes et chiens et nous ne sommes que deux. Désespérément deux.

Un mois plus tard, je commence à tousser et le mal me déchire la poitrine. La fièvre me fait trembler des nuits entières. J'ai peur pour l'enfant, peur d'être trop faible pour porter cette vie, peur de finir comme ma mère, le ventre déchiré dans un dernier sursaut. Il faut partir. Un matin, entre sombre et aube, nous rassemblons les paniers, les carquois et notre pauvre matériel de pêche. Vaincus ? Avons-nous péché par orgueil, nous croyant de taille à subsister seuls ? Sommes-nous punis d'avoir voulu nous affranchir de lois ancestrales ? A la sauvagerie de la nature, les Yamanas opposent la tribu et les Blancs leurs techniques. Nous ne possédons ni l'un ni l'autre. Si nous avions eu des moutons, des vaches, des bocaux et des resserres, nous aurions pu survivre. Nous avons choisi cette vie des oiseaux du ciel, mais Notre Père qui est dans ces cieux nous a oubliés.

— Tu verras, nous reviendrons, le printemps prochain, avec mes frères et leurs femmes, alors nous serons une vraie famille, nous chasserons et nous n'aurons pas faim.

Je ne crois pas ses paroles d'espoir obstiné. Le vent et la neige balayent nos traces sur la plage avant même que nous ne nous soyons éloignés du rivage. Une fine couche de glace recouvre la baie. Aneki, à l'avant, la fait craquer à coups de pagaie, et le bateau laisse une blessure sombre dans la nappe blanche.

Nous ne reviendrons jamais ici. Je ne crois plus à notre rêve de liberté. L'île s'efface dans les brouillards et la nature reprend ce qu'elle nous avait prêté.

*

Cinq jours durant, nous slalomons entre les îles en direction de l'archipel des Wollaston, le pays des ancêtres d'Aneki. Il pagaye seul, sans faiblir, le visage absent. Je me sens sombrer. Je somnole sous la cape qui me fait une coquille lourde et humide. A part remettre machinalement des brassées de mousse dans le feu, je n'ai plus la force de rien. Comme le jour de l'orque, je suis molle telle une méduse abandonnée par le reflux. Je rêve que je marche sur les eaux, j'atteins la côte, je me gave de calafates et leur pulpe sucrée m'éclate dans la bouche, me glisse dans la gorge. L'enfant dans mon ventre s'en saisit et les presse contre sa face aux yeux clos. Le brouhaha a repris possession de mon crâne. Je ne distingue plus les paroles d'Aneki qui semble ouvrir la bouche comme un poisson desséché. Je suis trop fatiguée, il faut faire cesser ce bruit qui me vrille les oreilles, je ne veux plus rien entendre. Je ne distingue plus rien. Quatre longues nuits, lors des haltes, nous restons terrés comme des animaux, dans un fatras de branches et de neige qui sentent la tombe.

Je suis Cushinjizkipa, du pays de Yeskumaala.

Au grand début, les femmes gouvernaient le monde. Nous avions la sagesse et la puissance. Nous parlions avec le renard et la loutre, avec l'ibis, et ils nous apprenaient cette terre.

Au grand début, nous sommes venus du nord, portés par le soleil. Là-bas les hommes gouvernaient dans la fureur, alors nous avons fui. Ici le hêtre nous aime de toutes ses feuilles, de toutes ses racines ; le poisson nous aime de ses écailles et de sa chair.

Un jour, la lune est tombée dans la mer. Il y a eu une grande agitation et les îles d'ici se sont détachées du fond et ont flotté sur la mer. C'est comme cela que les Yamanas ont été sauvés quand tous les autres êtres se sont noyés. Tout avait disparu sous les eaux, les forêts, les montagnes, l'île était seule au milieu du vide. Et puis la lune a fini par réapparaître et les îles se sont reposées au même endroit et leurs hommes, leurs bêtes et leurs plantes ont repeuplé la Terre. Voilà pourquoi les Yamanas sont un peuple spécial qui est le père et la mère de tous les autres peuples.

Un jour, il y a eu une grande assemblée, la baie était mouvante de pirogues, la terre mouvante sous les pas.

Les hommes se sont peints de noir et de blanc. Ils ont tapé les pierres et les branches pour faire du bruit comme le tonnerre, chanté, crié et mis sur leur peau le masque d'écorce de la fureur. Ils voulaient la force et le pouvoir.

Alors les femmes les leur ont laissés car la force n'est pas seulement celle qui anime le bras, et le pouvoir n'est pas que celui de parler le dernier.

Le monde est dur, le monde est dangereux. Il faut se garder des Hanushs et des Cushpijs, forts et féroces qui attaquent les hommes.

Le monde est dangereux, il y a les Lakoomas qui attendent au bord des lacs pour nous entraîner vers le fond.

Le Yekamush reconnaît les Hanushs et les Cushpijs car ils ont le crâne chauve à force de se frotter aux arbres. Le Yekamush sait quand il ne faut pas fréquenter le lac.

Mais le Yekamush ne peut rien contre le pouvoir des Blancs qui parlent à leur Dieu dans des livres de papier. Il n'arrive pas à voir leur esprit caché dans le fer et la pierre.

Maintenant leur esprit recouvre la Patagonie de son voile blanc. De son voile de mort.

Des bras me portent, des mains me frottent, il flotte une odeur d'herbes sèches. Des sensations m'arrivent au cerveau mais elles n'ont pas de logique. Un interminable chant s'insinue dans ma tête que, dans mon délire, j'associe à une couleur. Vert, rouge, blanc, jaune, les notes alternent, s'enlacent et se fondent. La mélodie devient comme un paysage, les cris créent des ombres ou des lumières. L'attaque du son, la relance de fond de gorge, le trémolo, la dissonance, sonnent comme des appels, des ordres, des imprécations. Une bouche se pose sur mon ventre et ma poitrine, les suce longuement. La bave se répand, s'infiltre à travers ma peau, me brûle. Je la sens dans ma chair, dans mes os, déclenchant un terrible combat. Je hurle, et la bouche revient à son ouvrage. Tout est blanc autour de moi. Je me perçois comme une esquisse aux contours flous. L'odeur est fade maintenant, c'est celle du vieux sang et de l'eau stagnante.

Je suis allongée. Derrière mes paupières closes, je vois un grand feu. Sa chaleur me cuit le côté droit. Des fourmillements me courent dans tout le corps, mille piqûres dessinent chaque repli de mes membres. Un peu d'eau fraîche me coule entre les lèvres, éteint l'incendie, le chant est toujours là, devenu imperceptible. Je m'endors.

J'ouvre les yeux à nouveau. Une peau bistre et flétrie comme une écorce bouche mon champ de vision. Elle émet des grognements, tantôt lents, presque doux, tantôt aigus à vous vriller les oreilles. Le chant semble tourner avec la fumée de la hutte en volutes angoissantes. Tout à coup, elle bondit comme pour capturer quelque chose au-dessus du corps étendu, puis se recroqueville à nouveau. Des yeux blancs ne quittent pas mon ventre. C'est Cushi, la grand-mère d'Aneki.

Cushi s'arrête soudain, tourne son visage vers le mien et sa bouche édentée s'affaisse en un sourire.

— Te voilà, ma fille ! Le Yekamush des Onas t'a enfin laissée. Je me suis battue contre lui pendant des jours et des nuits. Mais la vieille Cushi a encore sa puissance.

Elle ricane, son allure contredit ses mots. Elle a l'air hagard. Un peu d'écume sèche au coin de ses lèvres, un bandeau d'un blanc sale tient ses cheveux qui deviennent rares, son visage est barré par une large raie blanche encadrée de deux autres rouges, plus fines. Mais la sueur ou les larmes ont fait ruisseler la peinture jusque dans son cou. Je voudrais embrasser sa tête d'épouvantail. Je sais qu'elle m'a sauvé la vie. Tout me revient de cette fuite, mes mains se portent sur mon ventre et le solide coup de pied qui répond me fait m'étrangler de soulagement.

— Oh, oui, le petit est bien là ! Il a lutté avec toi, il ne voulait pas partir avant d'être arrivé.

De la lumière jaillit quand la peau de la porte se soulève et Aneki occupe tout l'espace. Il me prend le visage, front contre front, nez contre nez, comme à son habitude. Je sens les sanglots agiter ses épaules. C'est la première fois que je le vois pleurer. Dehors, les chiens, des voix, les coups secs d'une pierre sur un bois, la vie qui bruisse.

L'endroit s'appelle Uarutoaya, tout près de là où les Français avaient bâti leur camp, et de nombreuses planches, boîtes en fer et sacs attestent que rien n'a été perdu après leur départ. Le village comprend six huttes en bon état et une douzaine désertées. Nous sommes à la lisière de la forêt. Vers le sud, la mer est gris ardoise et les îles Wollaston étendent leurs sommets chauves et leur toison d'herbes jaune pâle dans le petit soleil. Des vols d'albatros s'affairent, s'élevant et plongeant en une masse compacte et mouvante. Quelques pirogues tournicotent dans les remous des algues. J'ai voulu me traîner dehors pour respirer l'air glacé. Chacun vient, me prend les mains, me caresse les cheveux, m'apporte des moules et de la graisse grise que je mâchouille comme une friandise. Les femmes accroupies en cercle ressassent notre arrivée, il y a six jours, quand ils m'ont tous crue morte et Cushi qui n'a pas dormi pendant tout ce temps, chantant pour chasser l'esprit du Ona. Elles cancanent, imitent les yeux révulsés de la vieille, éclatent de rire et les enfants indifférents se poursuivent en criant. Je retrouve ces corps nus, leur seul cache-sexe et une peau de loutre sur les épaules les protégeant au cœur de l'hiver, ces bouilles rondes, ces seins avachis, ces longues jambes, ces peaux olivâtres souvent couturées de cicatrices. Ce peuple qui est le mien, maintenant.

Quinze jours durant, je reste faible, toussant à tout bout de champ, vidée de ma force. J'ai droit à un traitement de faveur, je dors autant que je veux et dans mon sommeil je sens la présence de Cushi comme un bouclier contre les mauvais rêves. A tout moment, une femme passe déposer des coquillages ou du poisson sur les pierres chaudes du foyer. Quand il fait beau je sors et m'oblige à marcher de long en large sur la plage. Au début, chaque pas me met en sueur. Pachaoelikipa et Chakalouchouloupipa qui vivent dans ma hutte se sont improvisées aides-soignantes. Elles me soutiennent, me fourrent de la nourriture dans la bouche, m'obligent à parler et à sortir de ma léthargie. Par elles, j'apprends que le pasteur m'a fait longuement chercher. Tout l'été, l'*Alenn Gardiner* a sillonné les îles, promettant une récompense aux Indiens qui donneraient de mes nouvelles et l'enfer à ceux qui nous cacheraient. Plusieurs Yamanas, appâtés par ces promesses, se sont mis en chasse et nous n'avons dû notre sécurité qu'au fait que nous étions en territoire alakaluf, une mince protection car les nouvelles finissent toujours par circuler. Ce qui choque les femmes, c'est que nous soyons partis seuls.

— Ce n'est pas bon de vivre loin de nous, cela prend un chasseur au clan. Aneki est un bon chasseur, à nous aussi il est utile.

— D'ailleurs tu vois, tu as besoin de nous. Sans nous tu serais morte.

Je sais qu'elles ont raison, mais les mois heureux et solitaires, cette liberté de notre vie de l'été, me manquent souvent. Ici, chaque hutte forme une famille à la parenté complexe qui a une forme d'indépendance. Sous notre toit de branches vivent Pacha, Chaka, leurs maris et leurs cinq enfants, Cushi, Aneki et moi. La sécurité du groupe se paye en promiscuité. La nuit, serrés les uns contre les autres sur notre lit d'herbes, dans la moiteur et l'odeur fade des corps endormis, il m'arrive de rêver à mon lit frais d'Ouchouaya. J'ai une gêne terrible à sentir les ébats de mes voisins et je prends prétexte de ma maladie et de ma grossesse pour freiner Aneki dans ses élans. A tout moment, les hommes peuvent décider que nous lèverons le camp pour de meilleurs terrains de pêche. D'un jour à l'autre, une famille s'installe ou repart. C'est le règne de l'impermanence. Les groupes vont et viennent et ne s'attachent à rien. Les seuls biens personnels sont ceux que pourra contenir la pirogue : ses paniers, son matériel de pêche et de chasse et quelques peaux. Ces objets-là peuvent entraîner une fierté ou une jalousie maladives. L'air de rien, on va les exposer et accueillir les compliments d'un faux air de modestie. Autant le groupe est solidaire pour partager une chasse commune et offrir de la nourriture à ceux qui n'en ont pas, autant le vol, le mensonge, les dissensions sont fréquents. Les criailleries éclatent pour n'importe quoi posé sans surveillance et qui a été accaparé. Ni justice, ni police, ni même chef pour trancher les différends, on s'invective, on gesticule, on mime le combat, mais la conscience de la faiblesse commune empêche d'en venir aux mains. Alors on fait semblant de céder en restituant l'objet d'un :

— Tiens, je te le donne, je suis ton ami et je veux te faire plaisir.

Et l'honneur est sauf. Car rien n'est pire que d'être traité de voleur ou de menteur. J'ai de la peine à défendre mes vêtements. Plusieurs fois Chaka s'est pavanée avec une de mes chemises autour du cou et j'ai dû jouer la malade pour qu'elle accepte de me les « redonner ». Au point que je vis maintenant avec presque tous mes habits sur moi et que je dors dessus la nuit. Aneki est souvent parti en compagnie des hommes, chasser le phoque et l'otarie avec les chiens. Je vais d'une hutte à l'autre, m'enquérir d'un enfant, grignoter des coquillages. Je ne suis plus la Blanche qui vient faire la charité, je suis comme elles. Ensemble, nous parlons de nos hommes, des progrès des nourrissons, des craintes de la famine et des accidents. Elles ont beaucoup de curiosité de mon ancienne manière de vivre. Par moments, j'ai l'impression d'être revenue aux questions de Dorothy sur les tapis et la vaisselle de Grenook. D'autres fois, j'ai du mal à répondre.

— Pourquoi êtes-vous venus ici, sur vos grands bateaux ?

— Pour découvrir des richesses et des pays nouveaux, chasser les phoques, les baleines ou les guanacos, couper les arbres dans les forêts pour faire des planches, des maisons et des meubles.

— Pourquoi ? Il n'y a pas de forêt chez vous, pas de poissons dans la mer ou d'animaux à manger ou de fruits l'été ? Ton peuple a faim ?

— Certains parfois ont faim quand les plantes que nous cultivons ou les animaux que nous élevons meurent de froid ou de sécheresse. Mais d'autres ont beaucoup plus à manger que vous et gardent la nourriture dans des sacs dans leurs maisons de pierre, comme celles d'Ouchouaya.

— Tu te moques de moi. Comment les uns pourraient avoir faim quand les autres ont de la nourriture dans leurs maisons de pierre ?

— Eh bien, certains ont plus travaillé et ils ont plus de choses dans leurs maisons, ou alors leurs pères leur ont donné de la terre en mourant et ces terres produisent mieux.

— Mais la terre ne se donne pas. Elle est là pour le cueilleur et le chasseur.

— Non, pas chez nous. Si par exemple je possède cette forêt ou cette île alors tu devras me donner quelque chose pour aller y chasser ou y pêcher.

— Alors ici, vous êtes mal tombés, car personne ne donne rien pour aller chasser et pêcher.

— Pour le moment, non. Mais qui sait, cela pourrait changer un jour.

Pacha éclate de rire et se tape sur les cuisses. Elle n'en croit pas un mot.

J'ai retrouvé le plaisir à pagayer avec Aneki. Je goûte les longues heures au creux des criques, un couple de lourdes oies Caiquén dérangées, le vent qui retrousse l'eau au détour d'un cap. La nature m'apaise à nouveau.

Le fusil a causé beaucoup d'émoi. Tous les hommes ont voulu essayer, poussant de grands hurlements chaque fois qu'un oiseau tombait mort, car ils sont diablement adroits. Le sujet est revenu sur le tapis à l'occasion d'un repas où nous étions tous réunis. Pacha a raconté l'histoire de la terre des Blancs où il faut donner quelque chose pour aller y chasser. La conversation a démarré avec véhémence :

— Tu crois que les Blancs vont faire pareil ici ? Prendre la terre et il faudra donner quelque chose pour chasser ?

— Oui, si vous venez dans les endroits où nous avons des cultures et des animaux. Regarde à Itulia, là où nous avons mis des moutons avec des clôtures. On peut dire que maintenant vous ne devez plus y aller.

Cela soulève des tollés.

— Mais nous, nous avons toujours été là-bas. Si le guanaco y va, alors nous pouvons y aller.

— Eh bien, je suppose qu'il faudra partager, il y aura des endroits pour vous et des endroits pour nous.

Tellapakacha, le mari de Pacha, est un homme vindicatif. Il est petit, maigre, avec des cheveux très longs qui lui mangent la figure, mais des muscles d'acier qui en font un infatigable lutteur.

— Pas question. Les Blancs peuvent venir, mais ils doivent laisser les Yamanas en paix, sinon nous les chasserons.

La conversation vire au tohu-bohu, chacun veut donner son avis. Une sorte de grondement de colère commence à enfler. Pour un peu ils courraient tous chercher leurs arcs pour se défendre immédiatement contre un supposé danger. Aneki est le seul silencieux. Il fixe le feu en l'alimentant méthodiquement. Quand le brouhaha s'apaise, il se redresse. Il me regarde dans les yeux avec une sorte de gêne. Nous n'avons jamais abordé ce genre de sujets ensemble.

Tella l'apostrophe.

— Hé, toi, Aneki ! Tu les connais les Blancs, tu as vécu avec eux à Ouchouaya. Ta femme, c'en est une !

Le défi pointe dans sa voix. Un silence anxieux se fait, comme si Aneki allait énoncer la vérité et régler le problème en une phrase.

— Moi, dit-il d'une voix mal assurée, le pasteur m'a dit que les Blancs savaient mieux utiliser la nature que nous, faire des planches pour leurs maisons avec les arbres, faire grandir les moutons pour les manger. Il dit que les Blancs vont venir plus nombreux et qu'ils pourront nous apprendre.

Tella crache, roule des yeux et ricane.

— Ah, Aneki ne veut plus être un chasseur, peut-être que sa vue baisse, d'ailleurs il n'a pas pu nourrir sa femme et heureusement qu'il l'a ramenée ici pour qu'on lui donne à manger. Aneki va faire l'homme blanc, avec les moutons blancs ! Qu'il y aille, mais moi je continue à vivre comme toujours. Les Blancs, ils n'y connaissent rien. Ils ont des fusils, mais ne voient pas le lièvre qui court seul sur la neige. Ils coupent la forêt et font fuir les bêtes, les Yamanas et même les Onas aux arcs puissants. Ils prennent les baleines et les phoques pour les mettre dans leurs bateaux et les Yamanas n'ont plus de bonne graisse pour passer l'hiver. Vivement qu'ils s'en aillent et qu'Aneki s'en aille avec eux s'il veut.

Aneki frémit de colère. Des mouvements hostiles, des regroupements s'amorcent, en un instant la discussion risque de finir en combat. Mais Cushi s'est levée. Toute droite, ses yeux blancs fixant les arbres au loin. Elle est campée sur ses vieilles jambes qui semblent deux troncs ancrés dans le sol, bras légèrement tendus, paumes ouvertes, comme implorante. Cushi parle peu d'habitude, elle se contente de chantonner et de gargouiller, elle apparaît, disparaît, mène son train sans sembler se soucier des autres. Aussi, dès ses premiers mots, le silence l'a emporté.

— Tu es un idiot, Tella. Tu ne comprends pas ? Les Blancs ne partiront jamais, ils viendront de plus en plus nombreux parce qu'ils aiment la terre et la mer d'ici et qu'ils trouvent de quoi remplir leurs bateaux et leurs maisons de pierre. Ils ont le cœur fait pour prendre et s'ils s'en vont un jour d'ici c'est qu'il n'y aura plus un oiseau dans le ciel ni un poisson dans la mer. Je les ai vus et j'ai compris. Quand ils n'ont plus faim, ils chassent encore, quand ils ont trop, ils ne donnent pas à ceux qui n'ont rien. Ils ne sont jamais en repos. Pourquoi sont-ils venus ici puisqu'ils disent qu'ils ont des terres, des plantes et des bêtes d'où ils viennent ? Ils prétendent que leur Dieu leur a commandé. Je ne sais pas qui peut demander une chose pareille, mais ils ont le désir dans les yeux et cela les rend forts. Ils ont les fusils et leurs regards brillent quand ils les utilisent. Les Yamanas ne pourront rien, ni les Alakalufs ni même les Onas aux arcs puissants. Ils prendront tout ce qu'ils veulent prendre. Et il n'y aura pas de refuge pour nous car c'est ici, déjà, la fin de la terre.

Elle se fige, les yeux écarquillés, légèrement tremblante, une plainte sourde dans l'arrière-gorge. Il n'y a plus que le reflet des flammes qui semble animer son corps statufié. Cushi est yekamush, elle voit ce qui a été et ce qui sera. Je sens une pierre sur mon cœur, mes mains se serrent autour de mon ventre pour le protéger de ce désastre annoncé. Un long moment, il n'y a que le bruit du ressac, même les chiens semblent tétanisés.

— Alors, dit Tella d'une voix sourde, nous prendrons leurs fusils et nous les jetterons à la mer. Nous en avons déjà un. Si nous parlons aux autres hommes, nous nous regrouperons et nous irons à Ouchouaya.

« Les jeter à la mer », un torrent de glace me coule dans la poitrine. Ceux d'Ouchouaya ? Joachim, Beth, la brave Elisa et même le pasteur ? J'essaye d'intervenir.

— Non, Tella. Tous les Blancs ne sont pas mauvais. Il y en a qui veulent la paix et sont prêts à apprendre aux Indiens à planter et à élever, à avoir une vie plus facile où l'on vit au chaud et on mange tous les jours. Certains sont mauvais, mais les Blancs entre eux peuvent se faire la guerre et chasser les méchants. Si les Yamanas partent au combat, ils déclencheront la colère et la vengeance.

— Alors, s'ils sont bons, pourquoi les as-tu fuis ?

La réponse de Tella a été presque hurlée, il crache à nouveau et Aneki reprend la parole.

— Cushi voit loin et l'esprit parle en elle. Les Blancs ne partiront pas. Mais Emily aussi a raison, ils ne sont pas tous mauvais. Nos femmes aiment leurs tissus rouges, nous nous disputons leurs lames dures, nos enfants mangent la viande des moutons quand ils ont faim. J'ai vu les pirogues se rassembler l'hiver à Ouchouaya, les hommes quémander du travail au pasteur. Si nous voulons rester ce que nous étions avant qu'ils arrivent, alors il ne faut pas aller vers eux et il ne faut rien attendre d'eux.

A nouveau les conversations se croisent et personne ne s'accorde. Quelques femmes caressent pensivement les colifichets de tissu dont elles se parent.

Après cette soirée, les choses n'ont plus jamais été comme avant. Une inquiétude a saisi la communauté. Chaque famille qui passe, en provenance d'un autre campement, est l'objet de conciliabules, mais les voix s'éteignent à mon approche. Je me sens perdue, ni de là-bas, ni d'ici, ni blanche, ni indienne.

Le printemps monte, les jours grisonnent plus tôt et la neige se transforme en bouillie près du rivage. Mais au lieu de l'activité joyeuse qui saisit normalement les Yamanas à une telle période, c'est une tension malsaine qui monte. Tella prend souvent les hommes à part et je les vois gesticuler en arpentant la plage. Aneki s'enferme dans le silence.

J'ai peur. C'est Cushi qui va me rasséréner et d'une étrange manière. Un matin, elle m'entraîne vers la petite falaise qui borde la plage. Le soleil chauffe déjà, la forêt est luisante de rosée, les oiseaux s'ébrouent. Les cris joyeux des enfants, les aboiements des chiens nous parviennent. Tout est serein.

— Je vais passer bientôt vers l'ombre. Mon kespik va quitter mon corps. C'est l'ordre des choses. Il ne faudra pas maudire Watauineiwa pour cela. Mais je sens surtout la grande menace. Le monde va basculer, je vois le blanc de la mort autour de nous tous, sauf de toi. Toi, Hainola-l'orque t'a parlé. Aneki me l'a raconté. Je l'ai su dès que j'ai vu ton bateau arriver le premier jour à Ouchouaya. Je l'ai senti aussi quand je me suis penchée sur toi quand tu étais malade. Tu as la force des Yekamushs, tu dois accepter l'initiation. Tu es blanche, mais le sang des Yamanas vit dans ton ventre. Laisse-moi te dire tout ce que m'ont appris l'ibis, le renard, le guanaco, les plantes et les êtres de la terre. Je t'enseignerai le moyen de lutter contre Yetaité, ou les esprits des Hanushs, d'exercer ta puissance contre celle du Ona et de déjouer ses sorts. Alors je pourrai partir en paix car je vivrai dans les enfants de tes enfants.

Soudain, cette femme qui m'a effrayée et dégoûtée la première fois que je l'ai vue, me remplit d'émotion. Sa main décharnée tremble, posée sur la rondeur de mon ventre. Elle est l'aïeule que je n'ai pas connue, elle est la femme qui a traversé des années de tourments, de bonheurs et d'incertitudes, tâchant de protéger sa famille et son peuple. Je ressens pour elle du respect et de la tendresse. Qui sait si moi, l'Indienne blanche, je ne serai pas un premier signe de renaissance et de trait d'union entre les anciens et les nouveaux habitants de la Patagonie. Face à la guerre possible, accepter son enseignement c'est choisir l'alliance.

Nous partons en de longues promenades pour dénicher des plantes et elle m'instruit de leurs pouvoirs. Telle écorce fait baisser la fièvre, telle racine marinée soulage le ventre, telles feuilles mâchées, mélangées à la graisse de phoque, s'appliquent sur les plaies. Elle chante continuellement et ses mélopées heurtées me deviennent familières.

D'un jour à l'autre, elle me presse de plus en plus, semble dans une urgence, me guette dès que je soulève la peau de la porte et me prend nerveusement les mains pour m'entraîner.

Un jour elle m'ensevelit sous des feuilles mortes avec interdiction de bouger tout l'après-midi, pendant qu'elle chante à mes côtés. Un autre elle me peint le visage et le corps, me montre des massages.

Une grande partie des « exercices » est faite pour exacerber mes perceptions.

— Mets tes mains sur l'écorce et sens la vie à l'intérieur du vieil arbre. Comme le jour avec Hainola, mais cette fois-ci c'est toi qui dois conduire la vision.

Ce matin c'est elle qui s'étend et c'est à moi de la palper.

— Tes doigts doivent voir la couleur de ma vie. Ferme les yeux. Sens-tu que mes genoux sont blancs car ils sont morts de vieillesse ? Pose ta bouche dessus et aspire leur fatigue, puis crache-la.

Je m'exécute, pas très sûre de sentir quelque chose pendant qu'elle grommelle que je ne suis pas bonne à grand-chose ou se met à me singer, et nous éclatons de rire.

Pas à pas j'entre dans la culture des Yamanas. Il n'y a pas de dieu unique, créateur et ordonnateur de toutes choses. Ils sont étrangers à la prière telle que nous la connaissons, à l'idée de péché et de rédemption. Ils ne s'interrogent pas sur le début ou la fin du monde, sur le sens à donner à l'univers. Watauineiwa n'est pas un dieu suprême, plutôt une entité qui représente la nature tout entière, mais ne donne pas de ligne directrice du comportement. Celui-ci est fixé par des signes de la nature qui permettent d'interpréter les éléments : On doit rester silencieux en présence de Lejuwa-l'ibis qui est un animal susceptible et peut envoyer une tempête de neige pour se venger ; le gazouillis de Lufénia-la chouette indique qu'il y aura de la viande demain ; on ne doit pas faire l'amour avant de partir en mer car cela contrarie Hainola-l'orque.

Il me revient à l'esprit les croyances écossaises qui ne sont pas moins risibles. L'homme n'est pas, pour eux, l'œuvre suprême de Dieu, destinée à régner sur toutes les créatures, mais un élément parmi les êtres vivants et les esprits. Il doit établir avec tous les meilleures relations possibles, amadouant les forts, rusant avec les méchants, célébrant ceux qui sont amicaux. Ainsi on communie avec les plantes et les animaux. Les Yekamushs ne sont pas des prêtres, mais des personnes ayant une sensibilité supplémentaire qui leur permet d'entrer dans un rapport plus profond avec toutes ces entités visibles et invisibles, de dialoguer avec elles. Je ne peux pas dire si je « crois » à toutes ces choses. J'absorbe ces notions nouvelles. On dirait qu'elles m'emplissent la tête tout comme mon ventre se tend d'une vie future. Je ne cherche pas à comprendre, j'accueille. De toute façon, prier comme avant me paraît dérisoire. Je me sens prête à tenter tout ce que Cushi souhaite, tant cette relation avec la vieille femme me réconforte. Elle a pour moi la tendresse d'une mère accompagnant les pas incertains de son enfant. Une mère… enfin !

*

Le printemps s'est enfui, la terre chauffe et mon terme approche.

C'est une nuit comme une autre. Le calme est seulement peuplé du chuintement des vagues sur les galets de la plage. Les chiens se sont mis à hurler. Tout le monde a bondi hors des huttes. Juste dans le reflet de lune, protégée par la falaise, une goélette de pêche est en train de s'ancrer. Sur la forme noire, des torches s'agitent, des appels, des bruits de chaîne. Viennent-ils simplement chercher un repos, commercer des peaux ? Ont-ils connaissance de ma présence ? Les chiens maîtrisés, toute notre troupe s'est retirée en silence à la lisière de la forêt pour délibérer. Tella exulte. Il chuchote d'une voix ardente :

— Voilà l'occasion de prendre des fusils, attendons qu'ils dorment et nageons jusqu'au bateau pour les attaquer.

— Tu es naïf, ils font le guet et te verront venir, rétorque son frère. Attendons plutôt demain pour voir ce qu'ils veulent. Ils vont peut-être juste charger de l'eau et nous offrir des cadeaux.

— Pouah ! Je ne veux pas des cadeaux de ces voleurs, s'emporte Tella, sommes-nous des hommes ou des lièvres tremblants ? Nous avons un fusil, ils ne sont pas nombreux, l'occasion est unique.

— J'irai leur parler pour voir ce qu'ils veulent, propose Aneki. Ensuite, nous déciderons. Emily, tu dois te cacher. Tu nous porterais malheur s'ils te voyaient ici. Va dans la forêt avec Cushi et ne revenez que quand ils partiront. Nous autres restons, abandonner les huttes serait leur donner l'alarme.

— Mais s'ils nous attaquent ? gémit Chaka en serrant ses deux petits ensommeillés contre elle.

— Ils n'ont aucune raison d'en avoir contre nous, la rassure Aneki. Que Chifcunjiz, qui est le meilleur tireur, s'embusque dans la falaise avec le fusil pour nous défendre s'il le faut, mais je ne suis pas inquiet. Tella, n'engageons pas la guerre, je connais les Blancs, nous la perdrions.

— Penses-tu donc vivre caché avec ta femme toute ta vie ? Caché sur ta propre terre ? raille Tella en imitant le ton conciliant d'Aneki. Je te le dis, si nous n'engageons pas la guerre, nous ne serons jamais respectés. Que dis-tu, Cushi ? Que te disent les esprits ?

Cushi, tassée sur elle-même, tremble et se tait.

— Alors, que vois-tu sur ce bateau ? Le mal ou le bien ? s'énerve Tella.

— Mon âme est emplie de brouillard. Je ne vois rien. Mais ce qui doit être, sera.

Tout le monde tergiverse. L'aube verdit lentement à l'est et les premiers chants d'oiseaux fusent. La silhouette du navire reste, sombre comme une menace muette.

— Que ceux qui veulent partir, partent, tranche Chifcunjiz, que les autres regagnent les huttes avant le jour.

Il me répugne de m'éloigner, d'abandonner Aneki, même si je sais qu'il a raison.

Il frotte comme d'habitude son nez contre le mien, son front contre le mien.

— Va, ces Blancs vont s'en aller dans quelques jours au plus. Quand l'enfant sera là, nous repartirons tous pour Tushcalapan ou une autre île où nous serons tranquilles.

Fuir, toujours fuir, Tella aurait-il raison ? Au fond de moi quelque chose se déchire. Je ne suis plus ni blanche, ni indienne, mais juste une fugitive, encore et toujours. Tout à coup je me sens acculée sur ce bord du monde et cet immense océan. Je ne vois plus d'avenir, ni pour moi, ni pour les Yamanas. Pour ceux qui ne voudront pas passer par les fourches Caudines des Européens, le territoire va se réduire inexorablement. La pêche, l'élevage, la coupe des forêts vont dévorer l'espace et les ressources. Nous vivrons de plus en plus traqués, apeurés, à la merci de décisions qui seront prises sans nous. Je ne crois pas à la révolte prêchée par Tella. Si des troubles éclatent, les Blancs s'organiseront comme je sais qu'ils le peuvent. Un jour, les Argentins interviendront. Je me souviens de ce que racontait Harry à propos des tribus du nord de la Patagonie, décimées, déportées dans des camps. Notre tour viendra. Mon seul espoir est que l'envie de concorde et de respect puisse malgré tout prévaloir. Un espoir fou.

Nous peinons maintenant dans les sous-bois gluants d'humidité. Cinq femmes et une dizaine d'enfants. Cushi ouvre la marche et, le ventre lourd, je peine à la suivre. A chaque pas je me dis que j'aurais dû rester pour servir d'intermédiaire et calmer les énervements.

Deux heures plus tard, nous atteignons une éminence à la lisière de la forêt. Adossés à la falaise, nous avons une vue plongeante sur la plage. Une baleinière a accosté mais aucune agitation n'est visible, les huttes fument tranquillement. Seul signe suspect, aucune pirogue n'est partie à la pêche. Autour de moi, les femmes s'activent, creusent le sol et coupent des branches pour bâtir un abri de fortune, au cas où nous devrions passer la nuit. Je suis trop épuisée pour les aider. Deux enfants dans les bras, je m'installe au guet. C'est un jour de fin d'été, bougon, terne et calme. Un matelas gris plombe le ciel. Dans la forêt, des lambeaux de brume stagnent et les îles pelées se perdent dans un océan de grisaille. Le canot effectue plusieurs aller et retour et une quinzaine de silhouettes débarquent comme des fourmis. Il me semble voir luire des éclats d'acier mais ce n'est peut-être que mon angoisse qui me joue un tour. Lentement, les heures passent. Nous sommes assises les unes contre les autres, femmes, mères et sœurs impuissantes. De temps à autre fuse un commentaire, une supposition.

— C'est Chifcunjiz, qui parle avec les Blancs.

— Non, c'est Tella.

— Ils ont débarqué des tonneaux, ils veulent seulement faire de l'eau.

— Non, je ne vois rien, que deux hommes qui ont l'air de monter la garde près des chaloupes.

— S'ils te cherchaient, il y aurait eu de la bagarre depuis longtemps. Nous avons eu tort de fuir, ces hommes nous auraient peut-être offert des vêtements ou des lames.

Le soleil s'infiltre, bas sous les nuages, les enfants s'impatientent de devoir rester tranquilles. Subitement, le monde bascule. Un premier coup de feu déchire le calme, vite suivi de plusieurs autres. Des silhouettes s'agitent, entrent et sortent des huttes et de sous les arbres. Impossible de comprendre ce qu'il se passe. Dans un même élan, nous avons bondi sur nos pieds.

— Ils attaquent, ils tuent les nôtres !

Un froid immense m'envahit jusqu'aux extrémités, même l'enfant dans mon ventre semble un poids mort. Chaka crache à mes pieds.

— C'est toi qui portes le malheur. Nous t'avons sauvée et regarde ! A cause de toi, tout cela.

— Chaka, tu es une imbécile, gronde Cushi, les Blancs n'ont pas besoin d'excuses pour nous faire la guerre.

Les coups de feu continuent à rouler au-dessus de la forêt.

— J'y vais, vite ! Je peux leur parler, ils m'écouteront. Je n'aurais pas dû partir.

Déjà je dévale la pente. Derrière moi, j'entends Cushi et Pacha qui me poursuivent et tentent de me raisonner, le souffle coupé par la course.

— Reviens, tu es folle. Protège ton enfant.

— Nos hommes ont un fusil, ils vont se défendre. Tu ne peux rien.

Je n'y peux sans doute rien, mais il m'est impossible de rester sans intervenir. Si je suis tant soit peu la cause de cette folie, alors je dois y remédier ou expier. Une demi-heure me suffit pour redescendre, glissant sur la boue et les souches pourries, le corps fouetté par les branchages. Entre les arbres, des flammes dansent déjà. Les tirs s'espacent.

— Halte au feu !

Etrangement, ce cri qui signait la fin de nos jeux guerriers à Doherty avec Greg m'est monté aux lèvres. Mais Em n'est plus le bon petit soldat, juste une femme hagarde et en sueur, les jambes tremblantes et le cœur en ruines. Mon cri a l'avantage de figer tout le monde. Quelques instants, l'on n'entend que le crépitement des huttes incendiées et des gémissements.

— Aneki ?

Des corps allongés, du sang et de la terre mêlés ; des lances et des arcs sur le sol ; des cris et des craquements de branches témoins d'une poursuite dans les bois ; des hommes en armes, tremblants, des yeux luisants, couverts eux aussi de sang et de boue.

— Bon Dieu, une femme !

— Ne bougez pas, madame ! Il y a encore des sauvages armés !

Une forme se redresse doucement sur la plage, je m'élance mais deux détonations claquent simultanément et la tête d'Aneki explose. Je tombe à genoux et vomis longuement. Derrière moi, j'entends les hurlements de Cushi et Pacha.

— Attention ! Ces femelles sont enragées, tire, Jim !

Je n'ai plus d'autre souvenir que celui de mains qui me portent, l'odeur de renfermé de la cabine et le sentiment d'une nuit perpétuelle.

Je monte lentement la colline d'Ouchouaya, soutenue par deux marins. Comme d'habitude, quand un navire accoste, la petite communauté se regroupe au pied du ponton. Mais aujourd'hui, pas de cris de bienvenue ni de sourires. Dorothy, Joachim, Harry et tous les autres sont figés et muets. J'ai conscience de paraître hébétée, maigre et en haillons. Mon gros ventre pointant comme un défi. Pendant les deux jours de notre voyage pour rejoindre la colonie, je n'ai pas desserré les dents. Le capitaine est venu souvent me voir pour essayer de me proposer à manger. A ses propos, j'ai compris qu'il n'était pas au courant de mes aventures. Il pense que j'ai été enlevée par les « sauvages » qui m'auraient détenue et violée.

— Première fois que je viens dans le coin. On m'avait prévenu… foutus sauvages, que Dieu les damne ! Pauvre madame, tout est arrangé maintenant. Des collègues m'ont dit qu'un pasteur avait une colonie dans le canal de Beagle, vous y serez en sécurité. Comment tout cela a-t-il pu vous arriver ? Etiez-vous sur un bateau ? Avez-vous fait naufrage ? Cette sale race vous aura mis la main dessus au lieu de vous secourir. Ça ne m'étonnerait pas de cette bande de vicieux. Ils nous ont attaqués par-derrière, dès qu'on a fait mine d'inspecter leurs cahutes. Ils avaient un fusil. Allez savoir qui ils ont égorgé pour se le procurer. Allez, je vous fatigue avec mon bavardage, essayez de manger un peu, vous êtes maigre à faire peur.

Je ne fais aucun mouvement, prostrée sur la couchette humide. Je ne veux même pas ouvrir les yeux pour croiser son regard apitoyé ou égrillard, et surtout ne lui donner aucune explication tant il est bardé de ses certitudes.

Non, je ne veux plus rien, ni bouger, ni parler, ni ouvrir les yeux sur le soleil ou sentir le vent sur ma peau. Je vais me laisser couler comme les noyés qui acceptent enfin d'arrêter de se débattre et ouvrent la bouche à l'eau glacée. Ils sont tous morts, je n'ai que la désolation des cadavres autour de moi et une atroce solitude. Je veux les rejoindre dans l'oubli. La vie dans mon ventre m'est devenue insupportable. Le bois de la coque grince contre mon oreille, la lampe danse sur son cardan, je ne sais plus si je dors ou si je veille. Je voudrais seulement que tout s'arrête.

*

Sur ordre du pasteur on me dirige vers la maison de Samuel et Elisa. Celle-ci, le tablier toujours de travers et les yeux rouges, dévêt la poupée de chiffon que je suis, ses mains rugueuses s'attardent sur mon ventre.

— Pauvre petite, ma pauvrette. Et cet enfant est pour bientôt, je vois. Ah le pauvre, pauvre petitou !

Elle soliloque en me bouchonnant d'une serviette sèche, me passe une chemise, m'allonge sur l'un de ces matelas qui accueillaient, en d'autres temps, ses protégés, me force du bouillon entre les lèvres. En moins de six mois, me voici à nouveau aux mains d'une vieille femme, mais cette fois-ci, je n'ai plus le courage de me battre pour ma vie, plus de bonheur à défendre. L'enfant n'aura pas d'avenir.

Elisa tourne et fourgonne dans la pièce. Les yeux clos, je l'entends claquer les casseroles et s'arrêter pour soupirer. Finalement, elle s'assoit au bord de la paillasse et cale ma tête dans son giron. Son odeur sure m'envahit, ses mains fripées me caressent le visage.

— Moi aussi, j'ai voulu mourir un jour. Je n'avais plus que la honte et le désespoir, que la nuit dans ma tête, comme je la sens dans la tienne. Et puis Samuel m'a tendu la main. Je ne voulais pas la saisir, je ne m'en croyais pas digne. Mais Dieu m'a éclairée, c'est à Lui de décider de notre temps ici-bas. C'est pécher par orgueil que de vouloir en décider nous-mêmes.

Elle resserre son étreinte, ses mains se crispent et je sens deux larmes s'écraser et refroidir sur mon bras.

— Dieu du ciel, je n'ai pas reparlé de cela depuis toutes ces années, mais je n'ai rien oublié. Sais-tu le plus difficile ? Cela a été d'accepter l'amour de Samuel, de m'autoriser à sourire à nouveau, à trouver belles les fleurs des champs qu'il m'offrait, à ressentir le plaisir du soleil d'été, la fraîcheur du ruisseau, la bonne odeur du feu dans l'âtre. Je cultivais mon malheur, me drapais dans ma solitude. Vois-tu, en faisant cela, je donnais raison à ceux qui m'avaient violentée.

Elle est maintenant secouée de sanglots et renifle bruyamment. Je voudrais la fuir, sa sollicitude m'importune. Je sais qu'elle a souffert, mais cela n'a pas de commune mesure avec l'assassinat d'Aneki sous mes yeux, ma vie brisée par cette horreur. Le soleil, le ruisseau, le feu, rien de tout cela ne comptera plus jamais, ce serait même une obscénité que d'y prendre à nouveau plaisir. Je suis corps et âme à l'abandon, en dépit des petits coups de pied qui me soulèvent le ventre. Elisa continue son monologue mais je ne l'écoute plus.

Je ne fais plus le compte des jours et des nuits. Je me lève à peine pour les besoins ordinaires et avaler une soupe. Personne ne vient me voir, pas même le pasteur, comme si je n'existais plus, déjà passée du côté des ombres. Plus vite j'irai, mieux cela vaudra. Je porte la mort autour de moi : mère, père, le Ona, Cushi, Aneki... Je rêve de m'éteindre en donnant la vie à mon tour et de racheter ainsi ma faute originelle.

Une nuit, arrive la délivrance. Les ombres de femmes qui s'affairent se projettent comme des formes démoniaques à la lueur du feu et des lampes que l'on a poussées. Il flotte une odeur écœurante de linge bouilli. La douleur déferle en vagues, me remonte le long du dos, me coupe le souffle. Est-ce cela mourir ? Cet embrasement qui empêche de penser ? Chaque déchirement me rapproche de la mère agonisante de Doherty, de l'homme blessé sur la plage. Leurs faces pâles et sereines se penchent sur moi. Attendez-moi, j'arrive !

Je ne sais plus si ce sont des minutes ou des heures qui passent. Les vieilles marmonnent, soupirent et me supplient. Leurs mains m'appuient sur le ventre sans vergogne. Parfois, un linge frais va et vient sur mon front. Les crispations sont de plus en plus violentes, ma fin approche. Je sais que je hurle mais je ne m'entends pas et un paquet mouillé me glisse entre les jambes. Suit un long et douloureux répit.

Je suis toujours là, dans cette masure, au fin fond de la Patagonie, vivante. Plus encore, je viens de donner la vie. Elisa et Sarah ont déserté mon chevet, je les entends s'exclamer et cancaner comme si elles étaient au marché.

— Bien trois kilos, non ?

— Pour sûr. Normal, c'est un gars.

— Allez, il a l'air entier. C'était pas gagné vu d'où il vient.

Elles rient et j'ai le sentiment de ne pas plus exister qu'une vache après le vêlage, corps meurtri, souillé, mais qui ne vaut plus les attentions. Finalement, Elisa se souvient de moi et me caresse les cheveux.

— Tu as un beau garçon. Ça me fera comme un petit-fils.

Un instant ses yeux s'emplissent de larmes, qu'elle chasse d'un coup de linge, et elle se met à tâter mes seins douloureux.

— Bon, pour le lait, je crois que ça ira. Attends, maintenant qu'on t'arrange propre et je te le donne.

Le nourrisson est déjà bandé, ne laissant voir qu'un visage rougi et chiffonné. Deux yeux noirs en amande, un peu bridés et étrangement grands ouverts, me fixent. L'enfant ne pleure pas, ne crie pas, il me regarde. Les larmes m'inondent instantanément, pour la première fois depuis de longs mois. Ce n'est plus ma déroute et ma souffrance que je vois, mais l'enfant d'Aneki. Des années de révolte à Grenook ou Ouchouaya, des mois d'errance et de liberté dans les îles, tant d'êtres chers perdus se concentrent dans ces prunelles calmes. Subitement, je sais qu'il me faudra être à la hauteur. Je dois arrêter de m'apitoyer sur moi-même, ravaler mes deuils et mes peines. L'image de la renarde d'Itulia s'impose à mon esprit. Je prends le plus délicatement possible le petit corps et frotte mon nez et mon front contre les siens.

Dehors, une tôle bat dans le vent, le jour s'infiltre difficilement sous les nuages.

*

J'ai vu par la fenêtre le pasteur s'approcher pesamment. Il entre sans frapper et Elisa disparaît aussitôt dans la soupente. Sans un regard pour le berceau, il s'assied le dos droit. Il est habillé de propre, comme lorsque nous allions au temple. Je le trouve vieilli. La couperose pointe sous le hâle, les veines de ses mains saillent et se tordent comme des serpents mauves, ses yeux sont légèrement injectés. Il y a de la lenteur fatiguée dans sa voix.

— J'ai beaucoup prié pour que le Seigneur vous éclaire et vous ramène à Lui. J'ai aussi beaucoup réfléchi et voici mes décisions. J'exige que vous vous y soumettiez. C'est le moins que vous puissiez faire pour racheter vos fautes. J'étais décidé à vous renvoyer en Angleterre et à mettre l'enfant à l'orphelinat.

Une bouffée d'angoisse me fait suffoquer, mais avant que je dise quoi que ce soit, il reprend d'un ton sec :

— Silence. Cette solution avait l'inconvénient d'étaler le scandale et risquait de tarir les subsides dont nous vivons. Imaginez nos bienfaiteurs apprenant que l'on se roule dans le dévergondage grâce à leurs dons ! Je ne tiens pas non plus à supporter les frais de votre passage jusque là-bas. Le Seigneur a éclairé John et j'ai accepté sa proposition charitable. Vous l'épouserez à la fin de la semaine et partirez vous établir avec lui à Itulia. La maison est habitable. Le travail n'y manque pas. Vous aurez interdiction de quitter ce lieu sans mon autorisation expresse et vous vous soumettrez à lui en tous points. Il vous est interdit de chercher à entrer en contact avec des membres de la tribu de... (il hésite) de l'indigène qui est le père. John veillera à les chasser s'ils se présentent. Votre vie de prières et de soumission ne rachètera pas l'énormité de votre faute, mais au moins, ne serez-vous pas un poids pour notre communauté. C'est tout.

Pas une fois, il ne m'a regardée en face. Il se lève, gagne la porte, et jette au passage :

— Dans sa grande bonté, John accepte que vous gardiez l'enfant. Trouvez-lui un nom chrétien, nous le baptiserons en même temps.

La porte retombe, dans le silence, une bande de canards passe en criaillant. Me voilà donc mariée, l'heure n'est plus à la révolte, je suis seule avec un nourrisson. Si je renâcle, on me l'enlèvera. Je m'interroge sur John. Il me revient en mémoire la discussion avec le pasteur, lorsque je lui ai dit que je voulais épouser Aneki. Il avait spontanément évoqué John. Un hasard ?

Sans amour, ce sacrement est une farce. Pourtant, ce matin-là, je promets, devant Dieu, de me soumettre à cet homme, et cette promesse m'oblige. Peu de cérémonies ont dû être plus lugubres. Il fait un froid mordant dans le temple. Un jour blafard peine à travers les carreaux, mais on n'a consenti qu'une seule chandelle pour les lectures. Les visages sont tristes. De la réprobation, du mépris, au mieux de la compassion, se lisent dans ces regards qui m'évitent en fixant le pasteur. J'ai le sentiment d'être transparente, même quand je m'avance seule vers l'autel, dans une robe vert sombre retaillée qui me donne plus une allure de pénitente que de mariée. Des pas résonnent dans la pièce quasi vide accompagnés d'une puissante odeur d'eau de Cologne, une voix presque étranglée répète à mes côtés les formules saintes. J'ai demandé que mon fils soit baptisé Lucas. Je n'ai avoué à personne que le père d'Aneki s'appelait Lukka.

Ma dernière nuit à Ouchouaya est calme et cotonneuse, enveloppée dans des brumes qui traînent jusqu'à la plage. L'humidité se condense immédiatement en petites perles sur mes vêtements. Je reste méditer, comme épuisée par cette succession d'événements tous plus improbables les uns que les autres. En si peu de temps, la Patagonie m'aura donné un amour, un an de vie sauvage, un enfant et un époux. Qu'elle était naïve la jeune fille de Grenook qui se voyait dispensant la charité, entourée de bons sauvages ! Ce pays nouveau, ces peuples nouveaux ont éveillé en moi une vie nouvelle. Je ne sais où elle me mènera encore, je me sens vivre au jour le jour, comme Aneki m'a appris à le faire dans la nature.

Avant de rentrer, je me suis surprise à murmurer dans le noir. J'ai demandé à Watauineiwa de choisir Asapakaila pour esprit gardien de l'enfant, car c'est celui qui symbolise le ciel et le Sud. Je voudrais qu'ils lui communiquent leur immensité indomptée, celle qui me fait vibrer de ce dernier bonheur. Est-ce par croyance réelle ou par superstition ? Peu importe, je l'ai fait.

*

L'*Alenn Gardiner* peine contre la brise d'ouest, mais l'équipage possède maintenant cette belle maîtrise que donne l'expérience. On les sent deviner les attentes du bateau, là trop chargé en toile, là trop près du vent. Ils manœuvrent sans parler, sans même se regarder tant ils sont sûrs que les autres effectuent les gestes complémentaires. De chaque côté du canal, ils jouent à effleurer la falaise qu'ils connaissent par cœur, avec ses zones saines et ses traîtrises de hauts-fonds. Le temps est revenu au beau et le vent amène des effluves de forêt et de sous-bois. A l'abri de la cabine, dans mes bras, Lukka s'est endormi, mais je continue à lui murmurer l'un des airs que Cushi m'a appris. Ce chant est aujourd'hui le seul cadeau que je peux faire à mon enfant métis. Il réveille en moi ces sensations quasi surnaturelles de connivence avec la nature, cette impression d'être la vague et de m'éclater sur le bord, d'être la branche et de ployer sous la brise. Je ferme les yeux et m'absorbe dans le ballet de points sombres qui dansent sous mes paupières. Le bateau taille sa route vers Itulia et je finis par m'assoupir en rêvant que je suis la renarde.

*

— Emily !

La voix est rauque et le ton presque suppliant. Depuis notre mariage d'hier, nous ne nous sommes pas parlé. Le pasteur a exigé que je retourne dormir chez Elisa et Samuel et interdit que je fasse mes adieux à qui que ce soit. Quand j'ai rejoint le bateau, ma malle était déjà à bord et personne n'attendait sur le quai. John m'a guidée vers la cabine et s'est absorbé sur le pont. A l'arrivée, tout le monde s'est hâté de décharger quelques meubles, des outils et des vivres, puis l'*Alenn Gardiner* est parti au mouillage pour réappareiller dès l'aube. Sous l'auvent de la maison, il y a un banc, face au Sud, qui regarde le canal. Les crêtes des Sept-Frères allongent leurs ombres sur la forêt, la baie n'est animée que du clappement d'une bande de canards-vapeurs. Je suis envahie de la sensation d'être de retour à la maison.

John s'assoit. Ni trop près, ni trop loin.

— Comprenez-moi ! (Il souffle un peu fort.) Depuis le début, depuis que vous êtes arrivée à Ouchouaya, je... enfin... vous me troublez, Emily. Dieu n'a pas voulu que l'homme vive seul. J'en ai pris conscience quand vous êtes partie. Je crois qu'avant votre départ, votre seule présence et mes chimères suffisaient à mon bonheur. Sachez que je vous ai tout pardonné. Vous êtes maintenant Madame John Doodle, j'accepte votre enfant et personne ne vous manquera de respect. Si vous le voulez, Emily, nous ferons souche ici. La terre est bonne pour le bétail, il y a assez de bois et d'eau pour faire tourner un moulin et une scierie. Appuyés l'un sur l'autre, nous témoignerons du Seigneur en faisant fructifier ce pays.

Sa voix se raffermit à mesure qu'il s'éloigne de sujets sensibles pour lui. Dans une minute, il va me parler de machine à vapeur. J'explose juste avant.

— Jamais, je n'oublierai jamais ! Je ne vous ai pas choisi, John, vous le savez. C'est une veuve que vous avez épousée. Je vous suis reconnaissante de m'avoir tendu la main. Je me suis engagée devant Dieu et je ne vous trahirai pas. N'en demandez pas plus. Ce pays est celui des Yamanas, des Onas et des Alakalufs, de ceux qui sont tombés sur la plage d'Uarutoaya. Ne comprenez-vous pas ? Ils ne sont pas plus sauvages que nous !

John s'agite sans oser se rapprocher, et prend le ton de celui qui parle à une malade.

— Calmez-vous, Emily, le temps apaisera vos douleurs et je prierai pour vous. Rentrons maintenant, les nuits sont fraîches.

La porte couine. La lumière s'éteint dans un brouillard rose. Les étoiles émergent, d'abord clignotantes à travers la brume, puis de plus en plus éclatantes au fur et à mesure qu'elles montent sur l'horizon. Pile dans l'axe de la baie, la Croix du Sud rayonne au-dessus des montagnes. John a raison, un courant d'air descend maintenant du glacier et le froid me remonte le long des jambes. Un instant j'imagine aller dormir dans une hutte de branchages. Chimères ! Ce n'est plus l'heure de la bâtir et, maintenant, personne ne m'y réchauffera. Je rentre en m'appliquant à ne pas faire grincer la porte.

A travers la toile, des mains s'affolent et me pétrissent. John m'a demandé de passer la chemise de nuit de mariée, que Dorothy m'a hâtivement confectionnée, une sorte de sac qui ne laisse passer que mes pieds, mes mains et mon visage, avec une fente à l'endroit du sexe. Il y voit un signe de chasteté, réservant l'union charnelle à la procréation. Mais je vois, moi, dans sa furie, le soulagement d'une trop longue attente et la frustration de ne pouvoir me toucher réellement. D'ailleurs suis-je réelle ? L'enveloppe de tissu m'isole. Celle qui subit ses assauts, c'est cette poupée molle à qui on ne prête rien de plus qu'un caractère utilitaire. Mon vrai corps, ma peau, son odeur et son goût sont restés dans la hutte de branches, et l'homme qui se rue en moi en murmurant des remerciements m'est indifférent. Je n'ai aucune proximité avec lui.

Les Yamanas sont un peuple du toucher. On se serre, on s'enlace, on s'épouille, on se bat peau contre peau, corps contre corps. Comment pourrais-je oublier que l'on peut dormir les uns contre les autres, se frôler les mains en partageant la viande, se frotter de plaisir ou rouler ensemble de rage, sans se sentir embarrassés et honteux ? Pendant qu'il hoquette de désir, je me transporte sur la pierre tiède où Aneki et moi, lovés sans pudeur, mêlions bavardages et caresses. Et je sais que ce monde n'est plus.

Je suis Cushinjizkipa, du pays de Yeskumaala, près, tout près du bout du monde.

Mon corps est sur la plage froide, je n'ai pas de sépulture.

Aneki, Pacha, Tella et tant d'autres sont là aussi.

La pluie tombe qui pourrit les corps, le soleil qui les sèche.

La cendre des huttes se mêle aux flots.

Les renards et les condors me mangent et je vais faire grandir leurs petits.

Personne n'allume de feu sur la plage afin que, quand les braises achèvent de rougeoyer, nous puissions venir chauffer nos âmes et nos os morts.

Je suis dans une aile de martin-pêcheur, dans la fleur de séneçon sous la neige, dans le poil roux d'une renarde qui passe.

Personne dans notre clan ne va plus évoquer Akaïnix, l'arc-en-ciel, ni Hainola-l'orque, ni Yétaité.

Le temps est passé, sans descendance, et je n'ai pas su donner un Yekamush à ma tribu.

Emily n'a pas la force et je vois bien d'autres orages dans son ciel.

Elle pleurera encore et perdra peu à peu l'esprit que je voulais lui transmettre.

Car le temps est passé et ne reviendra plus.

Que dire des dix à douze années qui ont suivi ? Peu, si peu. Combien faut-il de jours et de nuits pour oublier ce qui vous a fait vivre, ce qui vous a importé plus que tout ? Les événements passent sur moi et je suis devenue la pierre immobile qui se couvre peu à peu de ce lichen jaune vif. De l'extérieur, pour les rares visiteurs, pêcheurs ou aventuriers qui passent à Itulia, rien n'est anormal, sauf peut-être la peau café au lait, les yeux en amande et les cheveux raides de l'un des trois garçonnets qui jouent devant la maison. On y trouve un couple de pionniers pieux, acharnés à la tâche, vaquant à ses occupations. A l'abri de la falaise est construit un ponton, puis une de ces maisons de brique et de tôle habituelles à la Patagonie. Derrière, un grand corral se remplit à l'époque de la tonte, et sur le côté le jardin est bien tenu et des fruitiers résistent. Dans la vallée serpente un chemin de traverse en bois qui conduit à une scierie animée par une machine à vapeur. De part et d'autre de la plage, les habituelles huttes des Yamanas avec leur mélange d'abandon et de vitalité. Un observateur plus attentif noterait tout au plus que la maîtresse de maison passe plus de temps qu'il n'est coutume au soin des Indiens et que, parfois, elle disparaît en de longues promenades, pendant que les enfants se réfugient près de la vieille Elisa. Voilà ce que l'on doit percevoir d'Itulia, maintenant que plus de dix ans ont passé depuis la naissance de Lukka et que la fin du siècle approche.

Ouchouaya a paraît-il bien changé mais je n'y suis jamais retournée, conformément à ma promesse. Dans les quelques mois qui ont suivi mon départ, la famille du pasteur a vu surgir un vaisseau de guerre argentin. Après avoir soumis définitivement les peuples tehuelches, ils ont poursuivi leur progression vers le sud, dans une course de vitesse contre leurs voisins chiliens qui faisaient de même de l'autre côté de la cordillère des Andes. La colonie protestante représentait le dernier objectif de la conquête. On m'a dit que le pasteur les avait accueillis avec déférence et avait reconnu leur autorité. Mais avait-il le choix ? Après force salves d'artillerie et levers de couleurs, Ouchouaya est devenue une sous-préfecture argentine sur laquelle règne le gouverneur Félix Paz. De nombreuses constructions ont ensuite poussé dans le nord de la baie, des bâtiments administratifs, des hangars, quelques commerces et les maisons de colons toujours plus nombreux. La rade sert de halte aux bâtiments de pêche qui travaillent en Antarctique. Après avoir épuisé les ressources des eaux patagonnes, la chasse à la baleine s'y est déplacée. Il faut approvisionner les navires en eau, bois et viande salée. Des bateaux mus par une machine à vapeur ont même fait leur apparition et un dépôt de charbon est renouvelé à leur intention. On a aussi construit une prison pour quelques marins saouls et Indiens bagarreurs.

Une vague de folie a, par ailleurs, déferlé sur ce sud patagonien quand de l'or a été trouvé dans les sables des plages, à l'entrée du canal de Beagle. Au moins huit cents prospecteurs ont envahi la zone, pelletant comme des forcenés, tamisant des tonnes de sable jusqu'à la roche pour arracher de maigres éclats d'or. En fin de compte, les filons ne sont pas bien riches. Pour moitié des repris de justice, pour moitié des Européens qui n'ont pas trouvé fortune à Buenos Aires, ces pauvres hères sont sans foi ni loi. Les troubles n'ont pas tardé à éclater. Vols, rixes et parfois meurtres ont proliféré autant entre eux qu'avec les Onas et les Yamanas qui ont été chassés des zones minières. Pour leur malheur, ces derniers ont découvert l'alcool auprès des nouveaux arrivants. Leur constitution y résiste plus mal, semble-t-il, que la nôtre. Les Indiens d'Ouchouaya sombrent dans la déchéance la plus complète.

Paul et Sarah Simley, ainsi que le brave Samuel, ont rendu leurs âmes à Dieu et j'ai accueilli Elisa avec nous. Simon et Fiona la mégère se sont fait attribuer une concession d'élevage, comme ils en rêvaient du côté du cap San Pablo, là où j'avais aperçu pour la première fois la Patagonie. D'autres catéchistes plus jeunes sont arrivés auprès du pasteur. Harry est revenu marié de son diaconat en Angleterre et seconde son père. Beth et Mary sont en pension à Buenos Aires et le bébé Jane approche les quatorze ans. Il n'y a que Joachim que je vois avec toujours autant de bonheur, quand l'*Alenn Gardiner*, dont il est devenu le patron, vient prendre nos bêtes et nos planches.

C'est plutôt un bel homme maintenant, grand et charpenté, le visage hâlé par la mer et de petites rides mettant en relief ses beaux yeux gris. Il ne semble toutefois pas en tirer profit et je le plaisante là-dessus.

— Allez, Joachim, accepte enfin un retour en Angleterre. Contente ton père qui te rêve un jour pasteur, va étudier là-bas au lieu de passer tes jours sous la pluie et tes nuits à t'angoisser sur la tenue de ton ancre dans un mouillage perdu. Je suis bien sûre que quelque demoiselle ne serait pas insensible à l'aventurier sud-américain !

— Trop tard, Emily, je suis argentin aujourd'hui, né sur cette terre, vivant sur cette mer. Me verrais-tu en habit au fond d'un fiacre ? Aucun endroit au monde ne me donnera la beauté profonde de la Patagonie. Tu as raison, c'est une terre d'angoisses, mais même après une nuit sans sommeil, quand je vois le jour se lever avec sa lumière si pure, le reflet exact des falaises dans l'eau calme, un vol de sternes, je me sens mille fois payé de retour. Je t'avouerai que, parfois, les larmes me montent aux yeux, mais c'est de bonheur. J'y sens un cœur battant, plus attirant que celui des demoiselles, et si le Créateur doit être loué pour son œuvre, c'est bien ici. Et puis, nulle part je n'aurai autant de liberté. Ce n'est pas toi, Yekadahby, qui vas me reprocher le goût de la liberté !

Ce n'est que lorsqu'il parle des Indiens, qui sont devenus son sujet favori, que son regard se voile.

— Cet hiver nous avons eu la coqueluche, comme il y a deux ans. Encore au moins quatre-vingts morts. Plus un Indien ne va à la chasse, on dirait qu'ils ne savent plus. Ils se contentent de mendier des petits travaux et l'alcool les affaiblit. Emily, un drame se joue sous nos yeux. J'ai évalué qu'en quinze ans la population yamana a perdu un tiers de ses effectifs. Ce peuple disparaît avec ses coutumes, sa langue. Chez les Onas c'est encore pire. Tout le nord de la Terre de Feu est donné aux éleveurs. Ils font la chasse aux Indiens quand ils chapardent des moutons qu'ils appellent « les guanacos blancs ». On m'a rapporté des atrocités. Le croiras-tu, certains payent des tueurs qui doivent prouver leurs forfaits en ramenant les oreilles ? Une livre par paire ! Tu te rends compte ! Des oreilles humaines, celles d'hommes, de femmes et même d'enfants ! Un type s'est vanté d'en avoir eu quatorze en une journée. Et nous ne disons rien. Nous sommes complices ! J'ai supplié le gouverneur Paz de leur donner des terres où ils pourraient se retirer en paix. Il dit que c'est impossible car il en faudrait trop pour leur assurer de vrais territoires de chasse. En fait, il s'en fiche. La main-d'œuvre facile arrange tout le monde, et quand il y a du grabuge, il remplit la prison. Que faire, Emily, que faire ?

Il tape du pied nerveusement contre le banc, son grand corps secoué de rage.

— Que veux-tu faire ? La guerre ? Et encore des souffrances, des morts, des orphelins. Tu te souviens du Dr Hyades, qui disait que plus vite ils s'adapteraient et mieux cela serait pour eux. Tu as vu où m'a menée ma révolte. Goûte ta liberté et ne rêve pas. Prends ce pays pour ce qu'il est et trouves-y ton bonheur.

En silence, nous contemplons la baie. La mer descend, découvrant le banc de vase encore tout irisé d'humidité dans lequel des huîtriers fouillent délicatement de leurs longs becs rouges. Près de l'îlot règne une grande effervescence de femmes et d'enfants. Ils ont établi un barrage de branchages et de tendons et récoltent maintenant de petits poissons. Dans l'air calme, les cris et les rires semblent tout proches, emplis d'une évidence heureuse. Les hêtres accrochés à la falaise virent au roux d'automne et flamboient dans le soleil matinal. Tout est calme, ici, petit havre de paix dans l'océan de tourmente que décrit Joachim. Jusqu'à quand resterons-nous à l'abri du monde ?

Je ne me bats plus. Depuis ces dix années, je vis au jour le jour, je goûte chaque moment comme un cristal fragile. J'en ai payé le prix. En fait, j'ai deux vies. Comme femme de catéchiste, je suis irréprochable, partagée entre les soins de la famille et ceux de la maison. J'abandonne presque tous les soirs mon corps à M. John Doodle et lui ai donné deux garçons, Elie et William. Je n'ai jamais trouvé de plaisir à cet exercice de chair, mais n'ai plus de répugnance, juste l'ennui d'étreintes maladroites que mon indifférence n'a pas contribué à épanouir. Il vient dans mon corps et puis s'en va, c'est le revers de la relative indépendance qu'il me laisse. Depuis notre lointaine conversation sur le banc, il n'a jamais essayé de me reparler de ses sentiments. Il me traite avec une courtoisie indéfectible et continue à s'arroser d'eau de Cologne. Toute la journée il s'obstine autour de la scierie et de sa sacro-sainte machine à vapeur.

De la plage d'Uarutoaya, ne sont restés en vie que les femmes et les enfants qui étaient cachés dans la montagne. Ils se sont ensuite dispersés et je n'en ai revu aucun. Je n'ai plus bougé d'Itulia. Je regarde mes fils grandir, la ferme se développer, je me vois vieillir, sans beaucoup d'intérêt. Mon recours m'est venu de ces lieux, cette Terre de Feu qui est surtout, paradoxalement, une terre d'eau et de vent. Je ne saurais dire pourquoi la fascination que j'avais ressentie à mon arrivée me tient toujours. Il y a ici une puissance des éléments qui peut en affoler certains, mais se communique à d'autres, à ceux qui l'acceptent et l'accueillent. C'est seule que je revis, quand les longues marches me harassent, quand à bout de souffle, le cœur à la chamade, je débouche sur le plateau et que le vent d'ouest manque de me jeter à terre. Je respire à pleins poumons cette odeur de terre et de sel mêlés, si typique de la Patagonie, et elle me lave de l'intérieur. Je m'allonge alors entre les boules de mousse vert tendre, je sens les cailloux me rentrer dans la peau et l'humidité percer ma robe. Je ne veux plus bouger, juste faire corps avec cette terre dont je ne sais pourquoi elle exerce sur moi une telle emprise. Parfois je m'en veux d'avoir été trop gauche, trop ignorante, de ne pas m'être assez battue quand j'étais seule avec Aneki. Que se serait-il passé si nous avions surmonté le premier hiver ? C'est à cause de moi qu'il a dû renoncer et nous ramener à Uarutoaya. Moi, l'Européenne qui ne voyait dans cette nature qu'un vaste terrain de jeux, un écrin à l'amour. Je ne serai jamais une vraie femme yamana. Je n'aurai jamais cette intimité parfaite, cette acceptation, cette évidence, cet abandon à ce milieu que donne le fait d'être née dans une hutte, de n'avoir eu sous les yeux que cet océan endiablé et cette forêt sans fin. Je sais que j'ai malgré tout besoin de retrouver des murs de pierre rassurants, d'allumer une lampe, de lire un livre, toutes ces choses que mes semblables m'ont apprises. Je suis Emily, paysanne écossaise, fille adoptive de pasteur. Je continue à me plonger dans la Patagonie, comme dans les yeux d'un amant, sans jamais arriver à sonder ce qui se cache derrière ses pupilles. De temps à autre, je retrouve ces éblouissements de la « journée de l'orque ». Je suis inexplicablement, brutalement, saisie d'une connivence parfaite avec les plantes ou les animaux, au point de me mettre à leur place. Cela me rassérène, m'incite à penser que petit à petit je pourrai encore évoluer vers une connaissance secrète, même sans l'aide de Cushi. Mais j'ai beau cultiver ces intuitions par de longues méditations, cela reste des éclairs sans lendemain.

Je traîne souvent autour des huttes, partagée entre la nostalgie et l'espoir. Je m'émerveille toujours de leur aptitude à prévoir le temps, à imiter le cri du canard-vapeur ou à rire de tout. Je constate aussi combien ils changent vite. Les hommes et les femmes sont de plus en plus habillés. Ils délaissent l'écorce dans la construction des canoës, préférant en tailler de plus solides dans des troncs, maintenant qu'ils ont des outils pour cela. Ils partent de moins en moins vagabonder entre les îles et restent agglutinés ici pendant l'hiver, dans l'attente d'un petit travail à la scierie. Certains s'essayent à cultiver. Je devrais m'en réjouir, les voyant sortir de l'âge des primitifs. Mais je vois aussi moins de fêtes, moins de chasses collectives, de plus en plus de dissensions pour une possession matérielle, moins de partage et d'hospitalité. J'avais rêvé d'une société mélangée, mais je m'aperçois que c'est impossible. Une culture remplace l'autre, lentement, inexorablement.

La santé des Indiens me soucie également. Comme à Ouchouaya, chaque hiver amène son lot d'épidémies, coqueluche, variole, rougeole, tout les atteint. Dès que j'en entends un tousser, je sais que je verrai bientôt les crânes rasés en signe de deuil et les trois colonnes de fumée s'élever de la hutte du défunt. Souvent, à l'aube, ce sont les longues plaintes et récriminations contre Watauineiwa, qui me réveillent quand on découvre les cadavres. Beaucoup de Yamanas me prennent pour une Yekamush. Mon apprentissage s'est interrompu brutalement, mais on considère que j'ai succédé à Cushi. Je suis devenue une sorte de mère et de recours.

— Yekadahby, viens chanter pour mon petit. Chasse l'esprit mauvais.

Je m'épuise en longues litanies, cherchant quelque correspondance au fond de moi avec ce corps souffrant. Mes chants réconfortent plus les proches qu'ils ne guérissent le malade.

Peu à peu, je vois les familles s'étioler, et quand les tribus des îles viennent en visite, j'ai envie de les chasser pour qu'ils ne répandent pas le mal ailleurs, sur d'autres terres.

*

Lukka est un enfant silencieux. Il est bien portant mais semble manquer du ressort de la vie qui anime ses frères en jeux bruyants. Il n'a jamais eu connaissance de ses origines et pourtant, parfois, ses yeux noirs me fixent comme un reproche. Il a l'habileté et la patience de sa race. Je trouve souvent sa tignasse brune émergeant des herbes sèches, sa longue baguette munie d'un nœud coulant à la main, sifflant comme une grèbe ou un bihoreau, jusqu'à ce que l'oiseau passe sa tête ou sa patte dans le piège. Il éclate alors d'un rire silencieux où je crois, un instant, retrouver la malice d'Aneki.

J'ai avec lui des connivences que je n'ai pas avec mes autres enfants. Nous avons en commun cette attention aux plus petites choses. Quand nous nous promenons ensemble, il pointe silencieusement du doigt, comme le faisait son père, l'imperceptible frémissement de l'eau provoqué par quelque poisson, la trace d'un lièvre, alors que les autres ne songent qu'à crier et lancer des cailloux. John le trouve lent et trop rêveur, mais n'ose pas en faire état, sans doute pour ne pas ranimer de vieilles blessures. Une fracture invisible traverse la famille, deux mondes se frôlent et se côtoient avec les manières prudentes d'un constructeur de pyramide de cartes qui millimètre ses gestes. D'un côté il y a un père et ses deux fils, conquérants et sûrs d'eux, de l'autre une mère et son enfant, comme une veuve et un orphelin, s'appuyant secrètement l'un sur l'autre.

Il m'arrive souvent d'avoir envie de parler à Lukka de son vrai père. Partager mes souvenirs, ces mille anecdotes, m'aiderait à garder vivante son image. Je voudrais qu'il soit fier de ses origines. Je rêve qu'il ne soit pas un bâtard indien, comme on le dit ouvertement à Ouchouaya, mais un trait d'union, un espoir vivant d'une Patagonie idéale. Ce serait sans doute lui faire porter un bien lourd fardeau. Je me contente de saisir toutes les occasions de l'emmener vers les Indiens, de lui en apprendre la langue, aidée par son « oncle Joachim », dont le dictionnaire contient maintenant plus de vingt mille mots. Il s'y conforme avec enthousiasme. Il nous arrive d'être tous les deux en pirogue, à la belle saison, lui à l'avant, adolescent torse nu, la lance pointée sur le moindre remous des eaux, moi, à l'arrière, pagayant comme une Indienne, échangeant de rares paroles en yamana. Je repense à la phrase du vieux capitaine :

— Sauvage un jour, sauvage toujours.

*

On ne sait pourquoi, les années à chiffres ronds devraient être associées à des événements exceptionnels, une forme de superstition, bien sûr. De ce point de vue, l'année 1900 se devait d'être un repère singulier. C'est la seizième année de ma réclusion à Itulia. Je me rends compte que j'ai maintenant vécu plus de temps ici, en Patagonie, qu'en Ecosse. Jusqu'à présent c'était dans l'âge des enfants que je voyais le temps courir. Ce chiffre rond me fait reprendre contact avec une forme de réalité, me suggère un nouveau départ. Ou est-ce une vieille prémonition due à mon apprentissage yekamush qui m'assaille et me réveille la nuit, certaine que quelque chose va survenir bientôt ?

Nous célébrons avec une gaieté inhabituelle et un brin de solennité cette entrée dans le XXe siècle. Les Indiens que nous avons conviés aux prières pour que cette époque soit celle de la concorde et de la prospérité ne comprennent rien à ce compte. Cela les amuse beaucoup que l'on pense mesurer le temps. Eux pour qui il n'y a ni origine ni fin. Comme autrefois, je les fais chanter *Amazing Grace*, puis distribue des gâteaux et des vêtements en notant que, maintenant, ils ne les déchirent plus pour s'en ceindre la tête. Les femmes les plus jeunes font des essayages dignes d'ateliers de couture, cherchant les tissus les plus colorés et se disputant à grand bruit. Je leur abandonne une partie de ma garde-robe personnelle. Elle n'a jamais été bien riche, mais j'ai de moins en moins de goût de moi-même et de soins de coquetterie. Si je m'écoutais je vaquerais avec deux seules robes, une par semaine à tour de rôle.

A bientôt trente-cinq ans, je suis toujours aussi maigre, mais d'une maigreur plus sèche, comme tannée par le froid et le soleil. Ma seule élégance est la chevelure de ma jeunesse, et je lui apporte un soin maniaque. Mon secret, ce sont ces cent coups de brosse le matin et autant le soir avec, chaque semaine, l'emplâtre d'œuf battu mêlé d'une pointe d'aguardiente, l'eau-de-vie qui nous vient du nord. Ce soin bien inutile n'est qu'au profit de John. Il y enfouit son visage après l'amour. Mais devrais-je appeler ainsi nos ébats ? Il a alors de discrets hoquets qui ressemblent à des sanglots et j'ai pitié de lui. Moi, des années durant, j'ai continué à penser à Aneki la nuit, jusqu'à me réveiller le corps en transe. Cela m'arrive moins, maintenant, et je mets cela sur le compte de l'âge ou de la résignation.

Après les années de rébellion intérieure, je m'apaise peu à peu. Je cours moins la montagne et le grand vent, préférant les courtes promenades abritées dans la forêt. J'aime ces vieux troncs décharnés, pliés, tordus par les vents dont parfois ne subsiste qu'une houppe de branches au sommet gardant désespérément un peu de vie dans le vieil arbre. Je me reconnais en eux, pas tout à fait morts et pas tout à fait vivants. Je pose ma joue contre l'écorce grise et râpeuse et j'essaye, comme autrefois, de sentir la sève y couler encore et raconter les anciennes légendes puisées dans la terre. Celles qui parleraient d'un chasseur habile qui mourut pour les beaux cheveux d'une femme blanche. Après avoir goûté toutes ces années la sauvagerie de ces paysages, j'y découvre la fragilité et une forme de tendresse. Je m'émerveille comme une enfant à voir les poussins au nid, et m'agace quand les Yamanas les capturent pour les laisser piailler et attirer les parents. Je reste des heures à contempler le tapis de minuscules fleurs multicolores qui sont écloses sur le plateau au sein des mousses et forment un étonnant jardin miniature. L'hiver, j'apprécie plus les moments mornes de calme, quand on entend à peine chanter le ruisseau sous la neige, que les hurlements de la tempête qui me remplissaient d'excitation naguère. Je me satisfais de cultiver le potager et prends un soin maniaque de mes récoltes.

Elie et William, qui ont respectivement neuf et douze ans, tiennent de leur père une peau blême, mais sont plus râblés, costauds, comme ancrés naturellement dans le sol pour lutter contre ce vent qui plie les arbres. Ils passent leur temps à la scierie qui fonctionne à plein régime et il n'est pas rare que je les retrouve autour de la machine à vapeur, la sueur dessinant des rigoles claires sur leur visage couvert de copeaux. Ils ont le caractère simple et heureux des enfants de pionniers, déjà aptes à tout faire comme l'était une certaine petite fille sur les hauteurs de Doherty.

Lukka, qui va sur ses seize ans, me cause plus de soucis. C'est un garçon d'une grande beauté. Il a hérité des cheveux noirs et lisses, des pommettes saillantes et des yeux noirs en amande de son père, et de moi, sans doute, une haute taille et des muscles fins. Au fil des ans, la différence avec ses demi-frères s'est tellement accentuée que je surprends fréquemment le regard gêné des hôtes de passage, quand je présente les trois ensemble. Par faiblesse, ou pour ne pas le priver de ce qui aurait pu être sa culture, je l'ai laissé fréquenter autant qu'il le voulait les huttes indiennes et même se construire un petit canoë.

Peu à peu, l'enfant timide s'est mué en adolescent têtu et révolté, tenant en cela de son père comme de sa mère. Dès douze ans il s'est mis à renâcler aux travaux de la ferme qu'il maîtrise pourtant parfaitement et a pris ma relève dans les vagabondages. Une première fois, l'an passé, il n'est pas revenu de la nuit. J'ai veillé jusqu'à l'aube à la fenêtre. J'avais monté la flamme de la lampe pour qu'il voie un signal s'il s'était perdu, mais au fond de moi, je savais que ce n'était pas le cas. Dans cette nuit sans lune, le carreau renvoyait la lumière comme un double fantomatique, comme si quelqu'un tenait la même lampe, là, tout près, dans l'obscurité extérieure, quelqu'un d'impossible à atteindre. Des heures durant j'ai parlé à ce reflet, à cet enfant que je sentais déjà si loin de moi. Par moments, j'étais certaine de sa mort, noyé dans les immenses algues qui vous emprisonnent les jambes, agonisant dans un ravin, saisi par les esprits hanushs et cushpijs. Comme Beth jadis, j'aurais voulu pouvoir me blottir contre un corps tiède et apaisant et tout oublier. A d'autres moments, je sentais de la colère et de la frustration, accusant Lukka d'être indigne de la confiance que je lui avais faite en lui laissant une relative liberté. Enfin, je me souvenais de mes élans d'enfance, quand grimper aux arbres et tirer à l'arc m'importait plus que rester à la maison et je lui pardonnais. Quand il est rentré, j'ai laissé John le corriger. Parce qu'il ne se sentait pas son père, jamais il n'avait sorti la badine contre lui, ce dont il ne se prive pas envers les petits. Son éducation était mon affaire, mais là, j'avais failli. Lukka n'a pas protesté et l'a fixé sans ciller ni émettre une plainte, comme s'il s'agissait d'une épreuve initiatique. J'étais plus bouleversée que lui.

*

Deux jours plus tard, il a fugué à nouveau et j'ai décidé de le prendre à part.

— Enfin, où cours-tu comme cela ?

— Je me promène, je chasse, je pêche.

Il prend l'air buté qu'avait son père en refusant d'aller couper le bois du pasteur.

— Mais ce n'est pas la peine, il y a tout pour manger ici et nous avons besoin de toi.

— Maman, ce travail m'ennuie. C'est toujours la même chose. Quand je pars, au contraire, c'est la vraie aventure, je ne sais jamais ce qui m'attend. La semaine dernière, j'ai aperçu une femelle guanaco qui allaitait son petit. C'est rare tu sais, ils sont farouches d'habitude. Oh, maman, ils étaient si beaux, si tranquilles ! Des fois je pars avec Kuanip et sa famille et je les aide à prendre des oiseaux dans la falaise. C'est pour cela que je ne suis pas revenu l'autre nuit. Il faut y aller avec des torches. On couvre la lumière avec des écorces et on la découvre tout à coup. Tu verrais cela, ils s'affolent tous et tombent à la mer. Il n'y a qu'à plonger pour les ramasser. Tu sais, les Yamanas sont fantastiques. Ils savent beaucoup de choses de la nature que nous ignorons. On les traite souvent d'idiots mais c'est injuste.

Je l'écoute avec un mélange de mélancolie et d'envie. Je repense au bonheur de la renarde et de ses renardeaux qui m'avait tant émue, à mon plaisir à découvrir l'habileté des Indiens, à ma soif de parcourir ce pays à ma guise. Je connais trop cette sorte de caractère pour savoir qu'on ne les dompte pas par des punitions. Sans que je lui dise rien, Lukka est attiré par la vie de ses ancêtres. Ce serait renier Aneki que de l'en empêcher. Je cède donc à ses escapades, moyennant sa présence pour l'agnelage et le marquage des jeunes bêtes, la tonte et le chargement de l'*Alenn Gardiner*. En fait, je n'aurais pas à mettre cette dernière tâche dans la balance car il s'enthousiasme pour celui qu'il appelle *mon oncle Joachim* et qui le lui rend bien.

A peine quelques semaines après ce petit marchandage, Lukka est revenu me voir avec une mine de conspirateur.

— Maman, je voudrais l'autorisation de partir avec Joko plusieurs semaines.

Joko est un vieux Yekamush qui est souvent à Itulia. Tout rabougri, édenté et affligé d'une perpétuelle pelade, il est très respecté et je le crois sage.

— Et que veux-tu faire avec lui tout ce temps ?

Il se tortille, et là encore je crois ressentir mon ancien embarras quand il avait fallu que j'avoue mes projets de mariage au pasteur.

— Il m'a dit que je pourrais venir au Cièxaus, la cérémonie d'initiation pour devenir adulte. Tous les jeunes de mon âge y vont. Maman, ça serait formidable ! Ensuite je pourrais participer à tout avec eux. C'est la vie que je veux, mais pour cela je dois être des leurs.

Pour la première fois je dois m'opposer à lui, l'empêcher d'aller trop loin. Je sais bien, moi, pour l'avoir tenté, qu'on ne devient pas indien. Au mieux il est possible d'approcher des techniques, des connaissances, mais l'esprit d'un peuple ne s'apprend pas.

— Lukka, tu n'es pas yamana. Le Cièxaus est leur affaire, pas la tienne. Va chasser ou pêcher avec eux, fais-toi des amis, si tu le souhaites, mais tu te fourvoierais à aller plus loin. Je ne te laisserai pas agir ainsi. Tu sais combien je t'aime et combien je connais les tribus. Fais-moi confiance, tout cela est une rêverie.

Nous avons parlementé longtemps, et j'ai fini par gagner en mettant tout mon poids de mère dans la balance. A certains moments, comme lorsqu'il a raconté que tous les étrangers au village le prenaient pour un Indien tant il leur ressemblait, j'ai eu la désagréable sensation qu'il en savait plus qu'il ne voulait le dire. Aucun de nous deux n'a pourtant franchi le pas de parler du passé.

*

Ce matin, je sarcle les choux en m'absorbant dans le bruit gras et l'odeur de la terre patiemment remuée. Il vient de pleuvoir et un petit vent aigre sèche au fur et à mesure ma peau en sueur. Les nuages étendent comme une robe de léopard sur la terre et sur la baie, en jouant avec le soleil. Un printemps tout frais est là. J'aime ces moments où l'esprit s'absente, laissant le corps vaquer à ses rituels. Je repasse dans ma tête cette dernière conversation avec Lukka. La matinée est bien entamée. Une clameur interrompt le cours de mes pensées, une grande agitation règne sur la plage. Je vois que l'on met les pirogues à l'eau avec une hâte et des cris de joie que je n'ai pas entendus depuis longtemps du côté des tipis.

— Wapisa ! Mon père-Wapisa-la-baleine ! Là-bas ! A l'entrée de la baie !

Une baleine ! C'est devenu si rare qu'elles s'aventurent dans le canal. On m'a tant parlé de ces chasses mémorables. Je cours vers le rivage.

— Viens vite, Yekadahby, les hommes ont vu une baleine. Hainola-l'orque nous en fait cadeau. De la bonne graisse pour des lunes et des lunes.

Je saute dans le canot. A une demi-heure de là, l'animal est réfugié dans des eaux peu profondes, visiblement blessé, nageant lentement dans des flots rougeâtres. Les petits bateaux se déploient en arc de cercle autour d'elle pour lui couper toute retraite. Les sagaies volent et, à chaque impact, la bête a un tressaillement qui sent l'agonie. Deux hommes sautent sur son dos découpant en direct des morceaux de gras, elle s'en débarrasse, mais à peine tombés dans l'eau, ils repartent à l'attaque, comme des frelons sur une carcasse. Les chasseurs hurlent d'excitation. Tout à coup je suis saisie d'une de mes anciennes transes, c'est moi-même que l'on blesse, dont la chair se déchire et qui agonise. Je hurle avec eux, mais c'est de douleur. Un voile blanc m'obscurcit la vue.

Quand je reviens à moi, deux fillettes me veillent sur le sable.

— Yekadahby tu es malade ? Ce n'est pas le moment, Wapisa est à nous !

Les petits corps sont maculés de sang et elles roulent les yeux. L'une se tortille, mimant la baleine en détresse. Elles ont ce rire acide et triomphant des vainqueurs. Au bord de l'eau, le grand animal que l'on dépèce déjà, est animé d'ultimes sursauts. Une trentaine de personnes se pressent, les mains dans la graisse, la bouche dégoulinante. Un instant, il me revient l'horreur de mes premiers jours devant des êtres sauvages.

Rapidement, les femmes bâtissent des huttes, car le village va s'installer ici jusqu'à ce qu'il ne reste rien de la bête, ni chair, ni os. Tout est un cadeau de mon père-Wapisa-la-baleine et de Hainola-l'orque qui l'a blessée. Ce serait leur faire un affront que de laisser même une miette inutilisée. Les hommes alimentent un grand feu de bois vert et quatre signaux d'épaisse fumée vont alerter toutes les tribus alentour. Une telle aubaine se doit d'être collective.

Je m'approche et sens subitement le gros œil qui me fixe, plein de détresse et de reproches.

— Pourquoi me regardes-tu ? Je n'y suis pour rien. Ce n'est pas moi qui t'ai blessée.

On dit que les arbres se surchargent de fruits, juste avant de mourir. L'agonie de cet animal m'apparaît comme une parabole, un dernier cadeau de la nature à ce peuple exsangue. Au milieu des cris d'énervement et des chants de victoire, j'ai envie de pleurer.

*

Sous la pluie, l'aube pointe à peine que les enfants surexcités me supplient de les emmener voir la baleine, Lukka n'a pas attendu ma permission. Il y a maintenant plus de cent personnes qui vaquent autour de la carcasse. Ils n'ont pas dû dormir car des modulations stridentes ont parcouru la nuit, s'infiltrant au cœur de la maison. Ils ont l'air épuisés et leurs gestes sont lents. Les hommes taillent méthodiquement des carrés de gras et les femmes tressent en toute hâte des paniers dans lesquels elles les enfouissent. Ils seront enterrés, comme réserves de graisse pour le cœur de l'hiver. Mais une bonne partie est dévorée sur place, dans des agapes permanentes. C'est à se demander comment ils logent tant de nourriture dans leurs corps maigres. De temps à autre, l'un d'entre eux va vomir, puis revient, le sourire aux lèvres, attaquer un nouveau morceau. J'y vois toute la jouissance de peuples souvent affamés, prenant leur revanche. Lukka s'est immédiatement mis à la tâche, maniant le coutelas comme un homme. Il ne tarde pas à se couvrir de mucus, de boue et de sang caillé. Les deux petits restent à l'écart, fascinés et vaguement inquiets, refusant de goûter à la viande crue. Le soir, Lukka reste évidemment dormir avec la tribu. Par la fenêtre, je contemple longuement la lueur des feux qui se reflète dans les nuages bas en traînées sanglantes et vaguement menaçantes.

*

Toute la semaine, le dépeçage a continué. Le cadavre de la baleine empeste et l'odeur qui soulève le cœur flotte jusqu'à la maison. Mais cela ne dérange pas le moins du monde les Indiens qui sont toujours plus nombreux, près de cent cinquante maintenant. Je passe tous les jours constater la mue de mon fils. A part sa stature supérieure, peu de chose le distingue maintenant des autres.

Aujourd'hui est un de ces jours glorieux que la Patagonie sait offrir. Ce printemps est déjà tiède. Le canal est d'un bleu-gris profond agité de vagues, sauf dans la crique où, bien à l'abri, les eaux sont calmes, noires et lisses, seulement dérangées par les centaines de goélands et de sternes qui plongent à la recherche de quelques miettes du festin. C'est vers midi qu'un cri de colère a retenti.

— Les Onas !

Au droit de la falaise, une ligne d'hommes est apparue. Les silhouettes, plus grandes et massives que celles des Yamanas, ne trompent pas. Ils s'immobilisent comme pour évaluer la situation. Subitement le silence s'établit parmi nous. La lumière paraît tout à coup coupante comme un rasoir. Le monde est figé dans ce face-à-face muet et déjà tendu. Ils sont quasi nus, ayant posé les longues capes en peau de guanaco qui les font parfois ressembler à des animaux. Dans la distance, le soleil découpe leur musculature puissante en contre-jour. Les peintures blanches dont ils sont enduits luisent. Ce langage du corps se suffit à lui-même. Le blanc c'est la mort, la guerre. La sidération a saisi les Yamanas, les figeant comme des statues. Tout à leurs agapes, ils avaient oublié ce danger séculaire. Les Onas ont faim aussi. Ils ont des femmes et des enfants qui vont peiner à passer l'hiver. Les guanacos se font rares, maintenant que les bois disparaissent sous les coupes et qu'ils sont chassés de leurs terres. Ils viennent prendre leur part du cadeau de l'orque et ont décidé de ne pas perdre de temps en palabres. Les pleurs d'un bébé résonnent étrangement dans le silence, comme l'appel des générations à venir, et les Yamanas se ressaisissent. Ce n'est pas du simple vol d'une femme qu'il s'agit, mais bien de défendre la nourriture de toute la tribu, la survie du groupe. Les cris éclatent, les hommes se précipitent vers les arcs et les lances, les femmes entraînent les petits vers la forêt. Des mains me tirent et me forcent à m'aplatir derrière un buisson.

Pendant les premiers instants, les deux groupes se contentent de se faire face, agitant leurs armes, sortant la langue et s'étirant les yeux comme des enfants qui se défient. On s'apostrophe pour se narguer ou se donner du courage. Les peaux frissonnent, un peu de bave leur coule sur le menton, tous sautillent comme impatients d'en découdre. L'un s'avance, vindicatif, puis subitement, tourne le dos en grognant et une sorte de répit s'installe. On dirait ces chats qui restent des heures face à face, le poil gonflé de colère, pour finalement déguerpir. Les Yamanas ne sont pas guerriers. Chez eux, on en reste souvent à ce stade puis de longues palabres s'ensuivent. Mais dans les yeux des Onas je lis le plaisir de la chasse et du combat à venir. Ils ne transigeront pas. Je repense à l'attaque que nous avions subie avec Aneki. Ils avaient la même détermination à ne nous laisser aucune chance. Seul le fusil nous avait sauvés. Aujourd'hui, je suis sans arme. Un bâton vole qui atteint un Ona à l'épaule. Alors les corps se précipitent les uns contre les autres, se choquent dans un bruit mat, roulent à terre. Les cris deviennent des grognements, des halètements de fond de gorge qui sentent la rage et la fureur. Les flèches et les lances sifflent. Je suis terrorisée, me reviennent à l'esprit les huttes qui brûlent et les cadavres à l'abandon d'Uarutoaya, la violence de ces morts brutales.

J'aperçois Lukka, dans un groupe de trois, qui a pris à partie l'un des assaillants. Il est armé d'un bâton et le frappe avec rage, mais l'autre le fait tomber et brandit une sorte de lame. Mon sang se glace.

A cet instant, des coups de feu claquent. John et deux de ses aides surgissent à cheval, tirant en tous sens.

— Emily ! Etes-vous....

Il n'a pas fini sa phrase qu'une flèche l'atteint à la poitrine. Le cheval, affolé, rue et le désarçonne. Le centre de la bataille se détourne vers ces nouveaux arrivants. J'enregistre inconsciemment les coups de feu qui redoublent, mais je ne vois que Lukka, étendu, couvert de sang. Le Ona s'en prend maintenant à ses deux compagnons. Au milieu du charivari de la bataille, j'ai l'impression de n'entendre que le chuchotement d'un liquide qui coule, d'une plaie qui se vide et d'une vie qui se perd. La terre boit le sang de mon enfant comme elle l'a fait de celui de la baleine, de celui de l'homme que j'ai tué quinze ans auparavant, de celui d'Aneki et de Cushi. Je rampe, profitant de la confusion, saisis Lukka sous les aisselles, avec une force que je ne me soupçonnais pas, je le tire vers le couvert des arbres. Il a une profonde blessure à hauteur de l'omoplate droite, mais respire.

Je déchire ma robe pour le panser hâtivement. Oui, je le confesse, à aucun moment l'idée de secourir John ne m'est venue à l'esprit.

Pendant ce temps, la bataille a tourné à l'avantage des Yamanas qui ont la force du nombre. Les Onas ont surestimé leur puissance ou sous-estimé la rage des autres, défendant la première prise d'une baleine depuis de longues années. J'en vois une vingtaine s'enfuir. Les vainqueurs hurlent leur joie sans se soucier des morts et des blessés. C'est là, au milieu des corps qui jonchent le sol, que gît John. Le premier coup a visiblement été fatal, il a ensuite été piétiné sans vergogne. Son visage contusionné a encore l'expression de la surprise. La mort a adouci son visage anguleux, lui a redonné une expression enfantine. Brusquement j'ai de la tendresse pour cet homme qui a poursuivi ses rêves sans jamais les rattraper. Rêve de conversion et de règne de Dieu parmi les Indiens, rêve d'une vie cossue à la tête d'une exploitation prospère, rêve de l'amour d'une femme.

*

Le bruit discret des petites cuillères sur la porcelaine contraste avec le vacarme de la tempête qui se déchaîne aux carreaux. Le gouverneur Paz porte beau, encore sanglé dans l'uniforme avec lequel il a assisté à l'office célébré pour la mort de John.

— A vous de décider, madame. Je devrais vous inciter à rester parmi nous. Vous avez eu une chance folle et votre fils aussi. Vous voilà veuve, et je ne suis pas tranquille de vous savoir isolée, à plus d'une journée de bateau. Le sang appelle le sang. Les Onas chercheront à se venger. Si vous vendez vos troupeaux, nous vous aiderons à vous établir ici. Mais vous connaissez les Indiens mieux que moi et je vous laisse juge. Je sais votre attachement à votre domaine. Si vous me le demandez, je mettrai quelques hommes à votre disposition en attendant que la situation se calme. Par ailleurs, je vais lancer la chasse aux assassins de votre mari et rendrai la justice la plus sévère qui soit. Il faut envoyer un signal aux tribus. Elles doivent maintenant se conformer à la loi. La loi de leur pays, l'Argentine.

Depuis mon arrivée à Ouchouaya, lui et sa femme Eugénia ont eu toutes les prévenances. Je loge à la « gobernación », sorte de maison bourgeoise qui détonne avec les bâtisses que le vent et la pluie ont déjà délabrées. Revoir cet endroit après toutes ces années m'est étrange et, pour tout dire, peu agréable. Le pasteur est un vieil homme malade et Dorothy a l'air d'une souris racornie, mais ils sont vénérés par tous comme des pionniers et cela les gorge de suffisance. Ils se sont débrouillés pour ne pas avoir à m'accueillir quand nous sommes arrivés avec les enfants. Le révérend ne s'est quasiment pas adressé à moi, ni ne m'a demandé des nouvelles de Lukka qui se remet lentement de son coup de couteau. Seuls Elie et William ont eu ses faveurs, il les comble de cadeaux et leur a même proposé de rester vivre avec lui, au prétexte qu'ils auraient une meilleure éducation et des relations plus en rapport avec la grandeur de leur martyr de père. Ce dont des enfants de leur âge se moquent éperdument. A la mission, la version est que je suis responsable avec mon « bâtard » de la mort de John, obligé d'intervenir dans une bagarre indienne où sa femme et le fils qu'il avait eu la générosité d'adopter, s'étaient fourrés.

Le gouverneur est plus perspicace, ou bien il lui est politiquement avantageux d'en remontrer au pasteur. Il n'a pas mordu à cette histoire. On a dû charitablement le mettre au courant de mes antécédents, mais c'est un homme pragmatique. Il est là pour développer une Patagonie argentine, qui rapportera bêtes, laine et bois à Buenos Aires. La ferme d'Itulia, avant-poste dans l'Ouest de la civilisation, n'est pas pour lui déplaire. La mort n'effraye pas cet ancien soldat qui vénère le courage. On lui a rapporté que je m'étais battue physiquement pour récupérer Lukka blessé, puis sortir le corps de John de la mêlée. Il m'a donc accueillie avec la considération d'un général pour ses troupes valeureuses.

« Bravo Em, tu seras un bon soldat ! », le lointain souvenir de la voix de Greg me revient en mémoire, et avec elle l'aveuglement innocent de la petite fille. La guerre, ce n'est pas ce tableau glorieux des gazettes de mon enfance, c'est la peur qui vous intoxique, la boue, le sang.

— Sachez aussi, madame, poursuit le gouverneur, que je serais très heureux de recevoir votre demande de citoyenneté argentine. Voilà près de vingt ans que vous vivez ici. Votre attachement à ce pays nous honore. Ces quelques formalités permettront de régulariser vos possessions d'Itulia.

Les rafales mugissent avec, comme toujours, cette sauvagerie suivie d'un répit inexplicable. La pluie bat dans un roulement de tambour sur les tôles. Je m'absorbe dans leur bruit, laissant la conversation en suspens. Devenir argentine, rester ici, retourner à

Itulia, partir ailleurs ? Je suis tout à coup submergée de nostalgie. Je veux rentrer. Revoir l'Ecosse. Retrouverai-je Doherty, le toit écroulé et les murs envahis de ronces ? Y aura-t-il encore quelqu'un pour se souvenir de l'orpheline, ou serai-je définitivement oubliée ? Quels espoirs de renouer avec Greg après ces vingt années ? Mes enfants pourront-ils jouer avec des cousins en sabots et les faire rêver aux peuples sauvages, nus sous la neige ? Lukka y sera-t-il considéré comme un moricaud étrange ? Quel est mon pays ? Celui de mes origines ou cette Argentine où j'ai construit une vie chaotique ? La soudaine liberté que me procure la mort de John me donne le vertige.

*

C'est encore un jour de vent. Les vagues montrent les dents et se fracassent en arc-en-ciel le long du bord. L'*Alenn Gardiner* est un brave petit cheval qui mord dans les embruns sans broncher, sous sa peinture écaillée. Autant, vers l'est, le paysage bas est ouvert, lumineux, presque pacifié, autant à l'ouest il est sombre, chargé de nuages accrochés à de hautes montagnes.

Très vite, les maisons d'Ouchouaya ressemblent à des jouets abandonnés. Elles sont blotties sur les collines, leurs toits verts et bleus tranchant sur la blondeur de l'herbe et le vert foncé de la forêt qui les surplombe, serrées les unes contre les autres pour mieux se défendre. Je retrouve ma toute première impression de jeune fille, découvrant cette Patagonie. Nous sommes si petits et ce pays est si grand. Le vent fouette mon chignon défait et les particules de sel s'incrustent dans ma peau. Je me sens régénérée. Appuyée à la lisse, je remâche les questions que j'ai laissées sans réponse. J'aimerais qu'un de ces éblouissements qui m'arrivait parfois et me faisait m'identifier avec la nature me saisisse à nouveau et m'impose l'évidence d'un destin. Pour le moment, j'ai décidé de regagner Itulia où les agnelages vont commencer, et j'ai embauché un grand escogriffe écossais et roux, comme il en traîne de plus en plus par ici, pour me seconder. Pour l'instant il discute à l'arrière avec Joachim, me laissant, sans doute par prévenance pour mon veuvage, à mes pensées. Lukka, qui a retrouvé sa vigueur, s'est d'abord passionné pour les manœuvres de sortie de la rade. Il est maintenant blotti à mes côtés, muet. Il ressemble tant à son père, la peau à peine plus claire et les yeux un peu moins bridés.

— Lukka, aimerais-tu que nous allions en Ecosse, connaître la terre de tes grands-parents ? C'est aussi un beau pays.

Il ne répond pas, comme absorbé par la côte et les arbres ébouriffés par le vent. Je m'applique à avoir un ton léger.

— J'ai pensé que toi et tes frères pourriez y recevoir une meilleure éducation que celle que je peine à vous donner. Il y a beaucoup de choses à y découvrir, de grandes villes pleines de lumières, de nombreuses personnes que tu pourrais rencontrer, des garçons de ton âge.

— Maman (il parle d'une voix aiguë que je ne lui connais pas), est-ce que je n'ai pas des grands-parents ici aussi ?

Ses yeux noirs plongent dans les miens. Il sait.

— J'ai entendu certaines choses à Ouchouaya, reprend-il, je ne ressemble pas à Elie ou William, mais beaucoup plus à un Yamana. Je l'ai remarqué depuis longtemps. N'est-ce pas, maman ? Dis-moi, est-ce que John est mon père ? Est-ce que tu es ma mère ? Qui sont mes parents ? J'ai aussi entendu « bâtard » et je sais ce que cette insulte veut dire.

Sa voix est effrayée, suppliante, vaguement en colère. Je prends courage dans le rayon de soleil qui fait une tache dorée et mouvante entre les nuages.

— Tu es l'enfant d'un homme et d'une femme qui s'aimaient. Notre union n'était pas bénie par l'église, mais cela aurait fini par se faire, car Dieu est miséricordieux pour le vrai amour.

— Mon père était indien, n'est-ce pas ? Où est-il maintenant ? Pourquoi ne m'en as-tu jamais parlé ?

— Il est mort, peu de temps avant que tu ne viennes au monde. John nous a recueillis et t'a élevé comme son fils. Tu dois le vénérer pour cela.

— John a tué mon père ?

Il faut maintenant tout dire, jouer le tout pour le tout, avant que des bribes du passé ne lui reviennent de bouches malveillantes. Je raconte à flot : le jeune homme si adroit à la pêche, les rêves, la fuite, la vie libre, le combat, la mort. Les mots sont si pauvres. J'aurais voulu pour lui la beauté des choses et du monde. Je me surprends à travestir la vérité, pour adoucir sa peine. Je parle de malentendus, de situations qui auraient fini par s'arranger, d'une vie que nous aurions eue à mi-chemin des deux cultures, brisée par le quiproquo de marins se sentant menacés sans raison.

Il se tait toujours, fixant la ligne de la falaise comme s'il y cherchait un appui.

— Alors, j'aurais pu être un enfant indien. Si père n'était pas mort, nous vivrions comme eux ? Maintenant, nous sommes libres. Nous n'avons plus besoin de rester à Itulia, nous pouvons partir dans les îles. Mon père, le vrai, a sûrement encore une famille. Je veux la connaître, il le faut.

— Non, Lukka. Ce n'est plus possible. Aujourd'hui, il y a la ferme et tes frères. Et puis, je crois que la vie que nous menons est meilleure pour toi. Vois comme l'existence des Yamanas est difficile.

Il se tourne d'un bloc vers moi, l'air buté, et continue, tout à son raisonnement.

— Pour toi peut-être, elle était difficile. Mais moi, j'ai du sang indien. Je l'ai senti quand nous dépecions la baleine, je faisais tous les gestes qu'il fallait, comme si je les avais déjà faits mille fois. Pendant la bataille, je n'ai pas eu peur, je n'ai pas hésité. Mon père est yamana et je suis yamana. Tu peux rester avec Elie et William, mais moi je veux les connaître. Je veux partir dans les îles.

Je m'imagine à son âge, apprenant cette terrible réalité. Mon esprit me dit de le détourner de ces projets, mais mon cœur compatit. Lui défendre de retrouver sa tribu va le braquer. Autant le laisser partir, car je sais déjà qu'il reviendra. L'éducation qu'il a reçue lui donnera vite la nostalgie des livres, des outils et des techniques qu'il semble aujourd'hui négliger. Je le sens frémissant à mes côtés, prêt à la révolte, et je cède, aussi pour gagner du temps.

— Tu es les deux, Lukka, yamana et blanc, je veux penser que c'est une chance pour toi. Va dans les canaux, apprends des tiens ce que tu souhaites et ensuite tu reviendras.

— C'est ce que nous verrons.

Pour la première fois ce n'est plus l'enfant qui me parle. Le temps a passé si vite. Lukka a presque le même âge que son père au moment de notre rencontre. Je me rends compte que je ne sais pas comment m'adresser vraiment à lui. J'ai cherché à le protéger, à reporter toujours à plus tard le moment de lui avouer ses origines, comme s'il était possible d'éluder à tout jamais la question. Je le paye aujourd'hui. Nous restons côte à côte, ne communiant plus que par la fascination pour la vague d'étrave qui meurt et renaît sans cesse.

C'est la voix joyeuse de Joachim qui rompt le silence.

— Lukka, viens donc donner la main pour l'arrivée. Je vais te montrer comment préparer le mouillage.

Lukka, visiblement soulagé de la diversion, s'enfuit vers le poste de barre, sans un mot.

*

La vie a repris, une fois de plus, si semblable et si bouleversée à la fois, comme après chacun des drames de mon existence. J'ai proposé la scierie en gérance à deux familles qui sont venues bâtir autour de notre cabane, amenant six enfants qui ravissent William et Elie. J'emploie aussi un second Ecossais aussi petit et tassé que l'autre est grand et maigre. A nouveau, je donne le change, jouant mon rôle de maîtresse de ferme. Nous sommes argentins et trente mille hectares de terres et de bois m'ont été concédés. Le gouverneur Paz a tout arrangé pour moi. L'ancienne petite paysanne écossaise est maintenant potentiellement riche. J'ai fait tout cela sans vraiment y croire, comme une fuite en avant. Lukka n'est presque plus jamais à la maison. Il a toujours refusé de reparler du passé. Il s'est construit une pirogue et disparaît des semaines entières. Les Yamanas de passage m'ont signalé sa présence, errant dans les canaux, se joignant temporairement aux tribus. Je sais qu'il est passé à Uarutoaya. Quand il est parmi nous, il reste dehors toute la journée à soigner le bétail. Le soir, il n'y a autour de la table que les palabres avec les Ecossais sur les soins du troupeau, les digressions des deux petits et les craquements de la maison tourmentée par le vent. De lui, aucune parole et encore moins de regard. Quand je le vois rassembler de la nourriture et son fusil, je sais que le lendemain, le canoë ne sera plus qu'un point dansant à l'orée de la baie.

Les Indiens sont de moins en moins nombreux, de plus en plus malades. Maintenant aucun groupe n'est épargné. Même les plus isolés ont fini par être contaminés par une maladie ou une autre. Un peu comme moi, ils ne semblent pas se rebeller, glissant dans l'abandon de leurs traditions jour après jour. Trois Onas parmi ceux qui nous avaient attaqués ont été pris et pendus à Ouchouaya et le reste de leur tribu a été confié aux pères salésiens qui ont ouvert des hébergements. Joachim a encore tempêté :

— Ces endroits sont des mouroirs, Emily. Ils disent les recueillir pour les éduquer. Tu verrais cela, c'est pitoyable. Ils sont en guenilles, malades, entassés, Yamanas, Onas, Alakalufs mélangés. Ces tribus qui se sont toujours combattues, les faire vivre ensemble est absurde. Dès qu'ils peuvent trouver de l'alcool, ce sont des bagarres sans fin. J'ai visité deux de ces centres, j'ai cru mourir de honte. On fait tricoter les femmes et gratter la terre aux hommes. Ils sont hébétés et abrutis. Encore quelques années et ces peuples n'existeront plus à la surface de la Terre. Mon dictionnaire va devenir un objet d'anthropologie !

— Mon pauvre ami, que veux-tu faire ?

— Rien sans doute. Mais vois-tu, je serais indien, je ne me laisserais pas avilir comme cela. Je m'étonne qu'ils ne prennent pas les armes, pour défendre leurs territoires.

— Tais-toi, tu divagues.

Joachim vient souvent me rendre visite, plus que le chargement de la laine et du bois ne le réclame. Il ne passe pas une fois dans le canal sans se détourner par ici. Nous nous installons souvent après dîner sur le banc de bois devant la maison. Parfois il s'enflamme sur la cause indienne, mais la plupart du temps nous papotons, plaisantons de petits riens des heures durant. Le silence finit toujours par s'installer, c'est un doux silence, chacun respectant le recueillement de l'autre. Aux premières étoiles, notre plaisir commun est de braver le froid et de rester écouter les craquements du glacier, les appels des chouettes, le grommellement du vent dans la falaise et, par-dessus tout, le chant sourd de l'océan qui monte d'au-delà des îles. Je n'aurais sans doute qu'un mot à dire. Je le sens dans son regard, dans sa gaieté forcée avec moi, dans ses attentions à la ferme et à la famille, dignes d'un père. Mais je résiste à ses allusions, je suis lasse.

*

Nous avons eu une succession d'hivers très rudes. La nuit, je suis réveillée par l'éclatement des branches qui cassent sous le froid. Le matin, il n'est pas rare que le gel recouvre, comme autrefois, l'intérieur des fenêtres et même une partie du mobilier. Plusieurs fois nous avons dû intervenir pour tenter de libérer les moutons d'une gangue de neige. Pour se réchauffer, les animaux se groupent, et finissent asphyxiés sous le manteau neigeux. C'est souvent un charnier que nous mettons au jour et qui fait la joie des caracaras et des condors.

Elisa nous a quittés. Elle baissait peu à peu comme la flamme d'une lampe. Un matin nous l'avons trouvée morte dans son lit. Elle me manque plus que je ne l'imaginais, ma petite yekadahby. A l'aube, je l'entendais fourgonner dans l'âtre, attentive à ce que la famille se lève avec une bonne flambée, puis elle s'assoupissait en nous attendant. Il m'est arrivé souvent de contempler ce visage usé en me demandant quelles étaient les clés de ce destin qui nous amène à vieillir à l'autre bout de la Terre, et qui se souviendrait un jour de sa bonté discrète.

J'ai repris mes promenades solitaires. Je marche sans but, contemplant la plaine gelée et immobile, seulement sillonnée par les vapeurs venant des rivières. Cet univers de noir, gris et blanc m'émeut encore. Je grimpe dans la falaise, peinant jusqu'aux genoux dans la neige fraîche, m'imposant des parcours toujours plus loin, toujours plus haut, comme des épreuves initiatiques. La pente est si raide que le paysage n'apparaît pas peu à peu comme c'est le cas quand on grimpe sur une colline. Je m'accroche aux buissons, je rampe parfois dans la falaise et tout à coup, au débouché du plateau, je suis saisie par l'immensité du ciel. Si le vent est du nord, il y traîne de hautes griffures de nuages éclatants et parfois rosés dans un ciel d'un bleu profond. S'il est d'ouest, ce sont les lourds empilements de galettes pleines d'eau et de tourmente. Je sens ce souffle glacé me brûler les poumons et me laisse encore une fois saisir par l'énergie qui s'en dégage. Je perçois les battements de mon cœur en chamade se répercuter jusqu'au bout de mes doigts et une fraîcheur bienfaisante m'envahir le cerveau. Je n'ai plus, alors, de questions sans réponse, mais juste une certitude joyeuse et inexplicable.

Ce ne sont plus les marches pleines de colère et de rancœur de mes débuts ici. Je ne cherche plus à entrevoir des signes, j'ai abandonné mes chimères d'être yekamush et même yamana. Marcher, être uniquement attentive au crissement de mes pas, au toc-toc d'un pivert, à une mare que je devine sous les herbes par son odeur fade, tout cela focalise mes pensées. Il me semble que mon âme, ainsi au repos, en profite pour cicatriser de vieilles blessures.

D'Itulia on ne voit pas la mer, mais je la sens là, enveloppant ce bout du monde de sa violence. J'ai une pensée pour les marins dont les corps reposent quelque part, dans l'eau noire, au-delà des îles, sans sépulture. Quels rêves, quels espoirs de découvertes ou de richesses les ont conduits ici ? Les Indiens ont raison de s'étonner que nous venions mourir dans ces parages hostiles quand nos pays ont des climats et des ressources infiniment plus avantageux. Partir est une idée qui dépasse leur entendement et là, haletante devant la baie ébouriffée, je partage cette évidence.

*

Les trois années suivantes ont coulé comme un répit. Je me suis installée dans ma nouvelle routine. Cet été a mis du temps à prendre ses quartiers, sans cesse contrecarré par un retour de pluies violentes et froides, amenées par le vent de sud-ouest. Enfin le calme est arrivé. Deux cents agneaux sont nés, plus que nous n'en n'avons jamais eu, et il y a maintenant trente personnes qui travaillent sur le domaine. J'ai fait monter une forge et un atelier de tissage et je me prends au jeu de voir s'entasser dans les cales de l'*Alenn Gardiner* les planches et les étoffes. Quand il s'éloigne du petit ponton, on ne distingue de lui que la tache brune des voiles, et dessous celle blanche des moutons serrés sur le pont. Ouchouaya se développe et les prix montent pour notre profit.

Il y a près de six mois que je n'ai pas vu Lukka. La dernière fois qu'il est venu, nous avons eu notre premier vrai accrochage. Il s'était peu à peu adouci à mon égard. Il passait durant quelques jours, chahutant avec ses frères et parfois me serrant dans ses bras puissants de jeune homme. Poser ma tête sur une épaule est un luxe que je ne croyais plus pouvoir connaître. A une période de mine austère avait succédé, sans que je sache pourquoi, une certaine euphorie. Il semblait heureux de vivre dans la nature, il me contait avec des airs de conspirateur qu'il avait enfin été initié comme un Yamana doit l'être. Il aimait, avec une touche de forfanterie, m'éblouir par son habileté à la chasse et à la pêche. Il m'entretenait souvent des mêmes personnes et semblait s'être retissé la famille que je n'avais pas su lui offrir. Je n'aurais pas été étonnée qu'il m'amène un jour femme et enfant. Je pensais qu'après le choc de la découverte de sa filiation, il s'y était peu à peu accoutumé, comme un adulte finit par accepter les réalités de la vie. Il était dans une phase où il voulait finalement tout connaître de son père, de notre brève existence commune et de sa fin tragique. Il m'interrogeait sur les détails de ce que le pasteur m'avait dit en s'opposant à notre mariage, sur ce que pensait le Dr Hyades des Indiens, sur ce qui s'était passé quand j'étais revenue enceinte. Uratoaya revenait souvent dans nos conversations. Combien de gens sur le bateau de pêche ? Qui avait tiré le premier ? Aneki s'était-il battu ? A chacune de mes réponses, il hochait la tête comme celui qui voit se confirmer ses déductions. J'aurais dû me méfier de cette curiosité mortifère, mais je pensais l'aider à faire son deuil et ne lui cachais rien.

Ce jour-là il me semblait temps de l'amener à surmonter ce passé.

— Lukka, j'ai une proposition pour toi. Stew, le contremaître écossais, m'a annoncé son départ à la fin de la saison. Les grandes fermes du nord ont des attraits pécuniaires contre lesquels je ne peux pas combattre. La place est libre et tu es en âge de t'établir. Je sais ton plaisir à vagabonder dans les canaux, j'y ai goûté en son temps. Mais tu devrais réfléchir. Viendra bientôt le moment où tu fonderas une famille. La vie indienne ne suffira plus, je la connais. Elle ne vous protégera pas du froid, de la faim et des maladies. Je te laisserai libre d'embaucher autant de Yamanas que tu auras besoin. Avec toi, ils auront aussi une sécurité et un avenir.

Je l'avais vu immédiatement serrer la mâchoire, mais j'avais poursuivi mon plaidoyer comme quelqu'un qui cherche à semer une graine.

— J'avoue que je serais si heureuse de t'avoir à nouveau près de moi. Et puis, j'ai tant rêvé de trouver une réunion possible entre ces cultures. Toi qui es un peu des deux, tu réussiras là où j'ai échoué.

— Maman, que sais-tu de la culture indienne ?

Il s'était levé brutalement en évitant mon regard et en contemplant par le carreau la baie qui rayonnait sous le soleil.

— Tu n'as vécu que quelques mois de vacances indigènes (il avait craché ses derniers mots avec rage). Moi, je vis avec eux depuis trois ans. Oui, j'ai froid et parfois faim, mais je suis libre et de leur côté, maintenant et pour toujours.

— Voyons, Lukka, ne t'emballe pas. Je ne te demande pas de renoncer à courir le canal. Les soins du bétail se font surtout l'été, rien ne t'empêchera de retrouver ta liberté de temps à autre.

— Non !

Il avait crié et m'avait soudain fait peur.

— ... Jamais je ne participerai à ce que vous faites de ce pays. Couper la forêt, courir au cul des moutons, entasser les peaux et les planches, c'est cela l'avenir que tu me proposes ? Garde donc tes Ecossais qui savent si bien embaucher, comme tu dis, des Indiens pour un salaire de misère qu'ils vont boire à Ouchouaya. Moi, jamais ! Je suis yamana, ma femme et mes enfants seront yamanas et nous vivrons comme nos ancêtres l'ont toujours fait.

— Mon enfant, tu rêves et j'ai rêvé comme toi. Regarde au fond de ton cœur. Tu sais bien que la vie sauvage arrive à son terme, que tu le veuilles ou non. Il y a vingt-cinq ans que je vis ici. Je crois en savoir plus que toi sur la Patagonie et ses habitants. J'ai vu les tribus préférer peu à peu notre mode de vie. Nombre d'entre elles travaillent maintenant dans les estancias. On ne lutte pas contre le temps qui passe et la vie qui change. Réfléchis tranquillement et nous en reparlerons.

— C'est tout vu. Je suis du côté de mon peuple. Il y a encore dans les îles des gens qui vivent librement. J'ai longuement parlé dans le canal, de ce qui s'est passé non seulement à Uratoaya, mais dans bien d'autres endroits et de la même façon. Toi-même tu m'as avoué combien les marins avaient été lâches et assassins, combien le pasteur et sa bande nous prenaient pour des animaux. Que je revienne vivre ici, côtoyant ceux qui ont assassiné mon père ? Ceux qui nous méprisent et nous mettent dans des zoos ? Ceux qui me traitent de bâtard ?

— Ne dis pas cela, tu es injuste. N'oublie pas non plus que tu es blanc aussi. Avec toi, sur la ferme, c'est une occasion unique d'établir un pont, d'oublier les combats, d'adoucir le sort d'une partie de ce peuple que tu aimes, de le sortir de la misère.

Il me faisait face, agité de frissons de colère, comme le sont les guerriers.

— Il y a d'autres moyens de survivre que la ferme. Un jour nous chasserons ceux qui nous détruisent. La colère gronde. Je ne suis pas blanc, j'ai choisi le sang de mon père, mon père qui a été massacré pour avoir cru à de belles paroles. Tu m'en as assez dit pour que je sache que je ne serai jamais des vôtres. Et s'il faut défendre mon camp les armes à la main, j'en serai fier.

— Ne dis pas de folies. Je te le répète, les temps ont changé et le passé ne reviendra plus. L'Argentine est ton pays maintenant et il n'est plus question de tribus, mais d'une nation où nous serons tous mélangés : Indiens, Européens. Crois-moi, les armes m'ont faite deux fois veuve, je ne laisserai pas mon fils y succomber à son tour.

— Alors je me passerai de ta permission. Adieu, maman. Je ne suis pas argentin.

Il était sorti comme une bourrasque. Je l'avais vu lancer son canoë à l'eau sans se retourner, me laissant exsangue, étouffer une douleur sans larmes, comme je n'en avais plus connu depuis la mort d'Aneki.

Depuis, malgré mes ruses pour les faire parler, aucun Indien ne semble avoir de ses nouvelles, et je ne peux que prier pour que sa rage s'épuise ou qu'une épouse sensée le fasse revenir à d'autres vues.

*

Les drames me sont toujours arrivés par beau temps, et j'aurais dû me méfier de ce matin glorieux.

Dans l'aube rose, de vagues écharpes de brumes montaient des vallées. La baie était si paisible que j'ai entendu de loin la pétarade du navire à vapeur du gouvernement, qui vient de temps à autre nous visiter.

L'officier boudiné dans son uniforme mordillait sa moustache.

— Madame, le gouverneur souhaite vous voir d'urgence. Voulez-vous prendre quelques effets, il vous réclame à Ouchouaya pour quelques jours sans doute.

— Que se passe-t-il, lieutenant ? Nous sommes en plein travail, m'absenter maintenant est difficile.

— Je ne suis pas autorisé à vous le dire, madame. Mais vous approuverez sûrement cette diligence quand vous en saurez le motif. Quoi qu'il en soit, j'ai reçu l'ordre de vous ramener au plus vite.

C'était l'autorité qui s'adressait à la citoyenne argentine, il n'y avait qu'à obtempérer. Et puis je savais, je devinais, que c'était de Lukka qu'il s'agissait.

*

L'homme qui me fait maintenant asseoir dans le grand bureau n'est plus le gouverneur affable et compatissant, vaguement admiratif d'il y a trois ans. C'est un militaire en exercice. Une profonde ride lui barre le front, ses gros sourcils se rejoignent presque, tant ils sont froncés, ses yeux me scrutent comme ceux d'un procureur en justice.

— Madame, savez-vous où est votre fils aîné ?

Le sang se fige dans mes veines. Je bredouille :

— Mon Dieu non, gouverneur. A vrai dire, je ne l'ai pas vu depuis quelques mois. Il est très épris d'aventures et court souvent dans la nature. Lui est-il arrivé quelque chose ?

Je sais déjà que sa réponse va m'anéantir. Je voudrais retenir le temps, rester quelques minutes encore dans l'ignorance heureuse.

— Eh bien, vous auriez mieux fait de le surveiller de plus près. Son goût de l'aventure, comme vous dites, l'a mené à de bien coupables extrémités. Il n'a pas fait que courir la nature, mais surtout les tribus pour les soulever. Je n'irai pas par quatre chemins. Lukka va passer incessamment devant le tribunal militaire que je préside, pour assassinat.

Je hurle, mais il s'y attend. Il ne bronche pas, pas même le plus petit clignement des yeux. Il est inhumain, son cœur ne bat pas sous la poitrine décorée. Il me fait l'effet d'une machine, un rouage insensible, sur lequel je devine d'avance que mes supplications vont se briser.

— Rasseyez-vous et reprenez-vous. Je comprends votre détresse, dit-il d'un air faussement obligé, mais la situation est gravissime. Votre fils, tous les témoignages le confirment, a pris la tête d'une horde qui a attaqué les fermiers à qui nous venions de concéder l'île de Gable. Un couple et ses deux enfants ont été massacrés. Alertés, nous avons envoyé un détachement. Ces bandits nous ont tendu un piège. Ils ont assassiné l'éclaireur indigène et trois de mes soldats et en ont blessé quatre autres. Nous aurions pu les abattre sur place, mais j'avais donné des ordres pour les prendre vivants et que la justice passe. Seule l'exemplarité de la peine ramènera le calme. Il aura droit, comme ses huit complices, à un procès en règle. J'ai commis un officier comme avocat. Notre gouvernement se doit de protéger ses citoyens, vous en conviendrez, et de châtier les criminels. (Il marque une légère pause et fait mine de se radoucir.) Je suis navré, madame, les Indiens, décidément, vous auront occasionné de bien grands tourments.

*

Le « procès » est dans trois jours. Je n'ai le droit de voir Lukka qu'une seule fois, dans la pénombre rayée des barreaux. Un corps allongé, encore marqué par les coups, un visage fermé et deux yeux noirs qui ne cillent pas plus que ceux du gouverneur, c'est tout ce qui me reste de mon enfant.

— Le fermier a tiré le premier. Cette terre n'était pas à lui. Il faisait nuit. Ensuite les militaires ont attaqué le campement. Ils ont éventré des hommes sans armes. Nous nous sommes défendus. Si j'ai du sang sur les mains, c'est celui d'assaillants. Je n'ai pas peur d'eux. Ils peuvent me pendre, il en viendra d'autres pour les jeter à la mer.

— Lukka....

Il ne se lève pas, ne tente même pas de saisir la main que je lui tends. Le mur invisible entre nous est plus palpable que la grille qui nous sépare. Le silence n'est rompu que par le vent qui ronfle entre les barreaux. Il ne relève pas la tête. Sa voix devient lente et grave. Il a construit son raisonnement, l'a affiné, poli, même s'il est dérisoire et chimérique, il faut qu'il s'y accroche pour justifier ce gâchis. Et moi, je n'ai rien vu venir de cet emportement, quand j'aurais été à même de pouvoir l'en détourner avant qu'il ne commette l'irréparable.

— Maman, tu es la seule dont j'ai pitié avec Joachim. Tout ce que tu m'as raconté m'a ouvert les yeux. Il n'y a pas de place pour la paix entre les Blancs et nous. Toi, tu l'as rêvée mais tu as bien vu comment leur haine et leur mépris ont ruiné ces espoirs. C'est maintenant une question de vie ou de mort. Soit nous vous chassons, soit nous disparaissons. Aujourd'hui, ce n'est que le début du combat. Beaucoup de Yamanas ont encore peur, mais ils sont braves. L'injustice qui se prépare va les réveiller. Nous connaissons mieux ce pays que vous. Vous n'aurez aucun répit, et si nous arrivons à établir des alliances avec les Onas et les Alakalufs, alors vous devrez remonter dans vos bateaux. Les temps qui s'annoncent vont être sombres. Oui, il y aura du sang versé. Promets-moi de quitter la Patagonie, emmène Elie et William en Ecosse. Retourne à tes ancêtres et je retourne aux miens.

Que dire de plus à un homme qui ne se voit que la mort pour avenir, et qui est encore dans les exaltations de la jeunesse ? Je me suis jetée aux pieds du gouverneur, j'ai même demandé le secours de la mission, au nom de la charité, de la justice, du pardon. On m'a écartée comme une galeuse. J'ai le corps brisé, l'âme brisée. Cet enfant du malheur finit dans le malheur. Je n'ai plus de recours. J'exècre, moi l'ancienne révoltée, cet esprit de guerre. Depuis vingt-cinq ans je me suis fourvoyée, incapable de comprendre, morts après morts, que cette terre n'était que celle du déchirement. Trop de richesses, trop de convoitises, un mur impossible à briser entre les peuples de l'eau et des forêts et celui de l'acier.

« Que la gloire du Seigneur éclate jusqu'en ces recoins oubliés du monde et ramène à Lui les peuples de la Terre », disait le pasteur. Eh bien oui, elle les lui ramène sous forme de cadavres, car il n'y a aucune autre alternative.

Je suis blottie sur les mêmes rochers où un jour Aneki le doux avait lâché : « Qu'il est beau, mon pays ! » Le paysage d'aujourd'hui lui donnerait raison. Au-delà des détritus, qui maintenant maculent la plage, le canal est plus splendide que le jour où je l'ai découvert. Il vente et la mer est d'un vert laiteux, hachée de déferlantes. Les nuages passent si vite au-dessus des montagnes que c'est un vertige de les fixer, lourdes masses pleines des odeurs du Pacifique. Des trouées de lumières incendient les îlots sporadiquement, comme des éclats de phares. Le vent couine, hurle, gronde, tord les arbres jusqu'à terre. Mais eux résistent, se laissant coucher sous la tourmente, relevant la tête à chaque accalmie, ancrés de toutes leurs racines. Les albatros ont pris possession du ciel et se réjouissent des rafales qui les envoient danser vers le large.

Une petite tache brune est apparue au coin de la baie, une chiure de mouche qui peine sur l'horizon. On croirait que les vagues vont l'absorber, l'écraser, mais elle réapparaît chaque fois, dégoulinante d'écume. L'*Alenn Gardiner* lutte pour sa vie. Je reste médusée, synchronisant ma respiration avec les apparitions sporadiques du petit navire. Pourquoi n'a-t-il pas attendu sagement au mouillage que la tempête prenne fin ? Je crois que je devine la raison de sa hâte.

*

— Bon sang, j'ai bien cru que les membrures allaient éclater tellement on s'est fait secouer du côté de Remolino. Brave bateau, il en a encore dans le ventre !

A la lueur de la lampe à pétrole, Joachim a retrouvé l'air malicieux de sa jeunesse. Ses cheveux ne sont qu'une boule de crin et son visage une plaque de sel. De ses mains crevassées, il rompt le pain méthodiquement et sert en premier son équipage composé de trois jeunes Yamanas.

— Mais on est une bonne petite bande. Pas un virement de bord de raté. Faut dire qu'on était motivés, sinon c'était droit aux cailloux.

Il leur adresse un clin d'œil, et eux le singent, à la manière yamana. J'ai du mal à refréner mon impatience, mais je sais qu'il faut leur laisser ce moment de jubilation, alors qu'ils ont risqué leur vie pour me retrouver. Quand j'ai vu la goélette s'ancrer tout près de la terre et mettre le youyou à l'eau, j'étais déjà prête à embarquer. Joachim m'a juste serrée très fort dans ses bras.

— Je sais. Les Indiens m'ont prévenu à Puerto-Toro quand nous faisions de l'eau. Nous ne les laisserons pas faire.

Le vent gémit encore et la coque est secouée par les rappels de la chaîne d'ancre. Le carré, en comparaison, est un havre de paix sous la lampe qui fume.

— J'ai bien compris ce que tu m'as dit. Aucune clémence à attendre du tribunal. La vengeance et la peur les guident. S'ils n'écrasent pas la rébellion dans l'œuf, ils en ont pour des années et ils le savent. Paz tient à son poste. Il y a des à-côtés sonnants et trébuchants qui valent largement la vie de quelques Indiens.

Joachim parle lentement, comme s'il mûrissait son plan au fur et à mesure. Mais avec tant de calme que j'ai l'impression qu'il me raconte une histoire déjà vécue.

— Ça m'étonnerait qu'un des gardiens résiste à une grosse somme. Je les connais ces types. Des pauvres bougres de paysans qui n'ont jamais demandé à venir ici. Ils s'engagent pour ne pas mourir de faim. Un petit pactole, de quoi repartir au nord acheter une estancia où couler des jours tranquilles, va bigrement les tenter. Le temps se calmera un peu cette nuit et la danse repartira demain soir. Je connais la musique. C'est parfait. Juste le temps pour toi de faire un aller et retour à Itulia avec l'équipage et de revenir avec les garçons et tout l'argent de ton bas de laine. Moi je reste à terre et je me charge d'être convaincant pour que la porte de la cage soit ouverte la nuit prochaine.

Il éclate de rire.

— Pourquoi faut-il toujours que ce soit pour toi que je joue les conspirateurs ?

Son regard s'attarde et il jauge le carré d'un regard circulaire.

— Bah, nous serons un peu serrés. Je connais un bon coin aux Falkland pour chasser et refaire de l'eau. Ensuite avec les vents d'ouest, on en a pour trois ou quatre semaines, tout droit jusqu'en Afrique du Sud. J'ai toujours rêvé de ce pays. Tu me dis qu'ils sont neuf en prison, plus nous quatre, toi, Elie et William. Ma foi, à nous tous, nous ne mettrons pas longtemps à planter quatre murs et un corral là-bas.

Je ne sais pas si je dois rire ou pleurer, poser la tête sur son épaule, là, devant ces hommes, comme je ne l'ai pas fait depuis si longtemps, depuis le temps d'Aneki, décharger enfin ma peur et ma peine, celle qui ne m'a jamais quittée depuis le jour d'Urutoaya.

Itulia, Itulia encore et toujours. Je me regarde dans le miroir. J'y vois une vieille femme. Les cheveux noirs qui faisaient ma fierté sont largement teintés de blanc, des rides indélébiles me sillonnent le front, la peau sous le menton commence à pendre. Il n'y a que les yeux qui gardent un éclat, malgré les cernes.

Les babillages d'une fillette me tirent de ma contemplation morose. La vie continue dans cette enfant blonde et pâle comme l'était Beth, la troisième que m'ont donnée Elie et Sarah, sa femme. Grand-mère au bout du monde ! Aurais-je imaginé cela quand j'ai quitté la haute maison de Grenook, pour devenir « gouvernante » en Patagonie ?

Qu'ai-je fait de cette vie que Dieu m'a donnée ? Maintenant qu'à mille petits tourments et renoncements du corps, je sais que la mort approche, est-il encore temps de se poser cette question ? J'éprouve une fois de plus le besoin de grimper la colline derrière la maison. Adossée à un hêtre centenaire, je me suis fait construire un abri, un simple auvent de branches où je me réfugie maintenant que les longues marches m'épuisent. Tous savent, quand ils me voient là, qu'il ne faut pas me déranger, que j'y suis absente au présent, en tête à tête avec mon passé.

Itulia ! D'ici, je domine le fleuve qui paresse en cent bras, charriant de temps à autre sa glace translucide. Vers l'amont s'aperçoit un coin du glacier constamment embrumé, sauvage, inquiétant ; vers l'aval la baie étroite, sagement veillée par ses sept montagnes. En me retournant, je vois les hommes et leur industrie : la grande maison qui a remplacé la cabane de jadis, entourée d'autres maisonnettes et de jardinets des familles qui travaillent pour l'estancia, les bâtiments de ferme, les corrals, le grand potager, les vergers. Par beau temps, ce paysage est bucolique comme n'importe quelle campagne européenne. Il n'est que la silhouette des hêtres tout penchés, dont les branches semblent peignées par le vent pour trahir la Patagonie. Sur les monticules, près de la plage, de part et d'autre du ponton, restent quelques huttes yamanas, mais plus souvent les simples traces en creux dans la terre, témoignages d'anciennes habitations.

Du haut de mon petit promontoire, je suis à la croisée de ces chemins, nature brute d'un côté, labeur des hommes de l'autre. C'est le seul endroit où je me sente apaisée, n'ayant pas besoin de choisir entre l'une et l'autre, aussi heureuse de voir détaler un guanaco, d'entendre son ricanement, ou voir tournoyer un condor qui descend en larges cercles vers une charogne, que d'entendre le claquement d'une voile, les bêlements et les hennissements rassurants de la ferme. Je n'aurai donc jamais su choisir entre mes deux vies, ballottée par les événements. Ma seule certitude, c'est ce pays. Il n'est plus temps de se demander pourquoi, et depuis longtemps je ne cherche plus la réponse. Comprend-on jamais les raisons d'un amour ? Il est là, indicible, inévitable. Il a été le premier coup de cœur de la jeune fille qui s'impatientait à la lisse d'un navire. Il sera, je le sais, mon dernier fragment de bonheur, au seuil du grand passage. J'ai rêvé que les Indiens m'en donnent les clés, qu'à travers le partage de leur science atavique je puisse faire corps, moi aussi, avec ces paysages. J'ai cru y réussir parfois dans ces éclats de prescience où je me croyais yekamush. J'ai pensé qu'en suivant Aneki, je changerais ma nature profonde, j'effacerais toute trace de mon éducation, comme s'il suffisait de se dénuder et de se peindre le corps pour devenir Yamana.

Quand, à la suite de notre petit complot, l'*Alenn Gardiner* a disparu dans la nuit, quand je suis restée seule sur la plage avec le chant du vent pour tout héritage, je savais que je faisais bien. Malgré mon amour de mère, malgré la douce attirance pour Joachim, au-delà des espoirs d'une vie neuve dans un pays neuf, l'attachement à la Patagonie a été plus fort. Ce soir-là, je croyais rester pour Aneki, pour la fidélité à sa mémoire.

Dans le calme nocturne, j'avais vu le fanal hissé trois fois à la hune de la goélette, signe que les portes de la prison s'étaient ouvertes et que les neuf hommes étaient parvenus à bord sans encombre. Il ne restait plus qu'à venir me chercher avec Elie et William. Je n'ai pas réfléchi, je n'ai pas décidé, je suis descendue seule et sans bagage vers le rivage. La lune inondait la baie, projetant l'ombre rassurante des montagnes, faisant surgir du néant les hautes plaques de neige. Les vagues diffractaient la lumière en mille lampions, enchantant le canal. Sur les îlots d'en face, les herbes sauvages luisaient comme des tapis d'argent. Le vent chiffonnait les buissons de la rive et seules quelques sternes bégayaient dans leurs terriers. Qu'y avait-il là de plus qu'un charmant paysage sous la lune ? Je ne le saurai jamais. Mais j'étais à lui et lui à moi et je ne désirais nul ailleurs. J'étais sûre qu'il me fallait rester.

La barque est arrivée silencieusement, Joachim aux avirons. Il n'y a pas eu besoin de paroles, quand il m'a vue seule. Son regard s'est voilé de peine et sa voix chargée de la bravade d'un bon petit soldat.

— Sais-tu que j'ai eu la plus grande peine à décider Lukka à profiter de la liberté. Cet animal était prêt au martyre. Ce n'est que l'idée de voir ses compagnons pendus avec lui qui l'a décidé. A quoi serviront des cadavres ? Je ne crois pas à la révolte des Yamanas, s'ils avaient dû la mener cela aurait été fait depuis longtemps. Moi aussi, j'aime ce pays, mais la vie doit être la plus forte. Ici il n'y a plus rien à faire. Et toi, qu'est-ce qui te retient maintenant ?

Devant mon silence, il a secoué tristement la tête et repris :

— Tu le sais bien, mon désir le plus fou et le plus cher est que nous recommencions ensemble. Comptes-tu abandonner Lukka ? Est-ce que tu ne penses pas que William et Elie auraient un meilleur avenir de l'autre côté de l'Atlantique ?

Je n'ai pas osé le regarder, lui qui venait de tout risquer et se condamnait à l'exil pour sauver Lukka et les siens. Les mots peinaient dans ma gorge.

— Lukka est depuis longtemps loin de moi. William et Elie sont argentins. Ils ont une terre, une ferme, une vie ici. Qu'en sera-t-il en Afrique du Sud ? Je suis fatiguée d'espérer. Joachim, tu es un frère pour moi, ton départ me brise, tu le sais bien. Mais quitter Itulia m'est tout simplement impossible. J'ai vécu plus longtemps en Patagonie que nulle part ailleurs. Chaque fois que j'ouvre les yeux le matin sur ces paysages, je sens Aneki m'accompagner. Je suis trop vieille pour recommencer ailleurs. Je reste. Je dois rester.

*

La colère du gouverneur a été mémorable. Ouchouaya a tremblé. Le soldat qui avait été soudoyé a commis l'erreur de chercher à s'enfuir à pied. Les Onas dépêchés à sa poursuite l'ont rapidement débusqué, trempé et affamé dans la forêt, et il est parti sous bonne garde devant un tribunal militaire à Buenos Aires. Je ne donne pas cher de sa peau.

J'ai eu, de loin en loin, des lettres de Joachim, mais jamais une seule de Lukka. Ils ont eu une violente altercation quand il lui a demandé de le déposer, lui et ses hommes, à l'entrée du canal de Beagle pour qu'il continue la lutte. Joachim a refusé, indigné. Il n'avait pas pris tous ces risques pour rien et se sentait redevable par rapport à moi de la vie de mon fils. Les autres Indiens ont eux aussi refusé de débarquer, trop heureux, sans doute, d'avoir sauvé leur peau. Lukka s'est ensuite muré dans le silence et, arrivé au Cap, il a disparu du bord immédiatement et, avec lui, la dernière trace de ma vie d'Indienne. J'ai finalement ressenti du soulagement à n'avoir plus de nouvelles. Etait-ce la tentation de pouvoir ainsi lui imaginer n'importe quel heureux avenir ? Parfois, il me semble que Lukka n'a pas existé, qu'il n'était que la chimère d'une jeune fille exaltée. Ma propre histoire me paraît étrange et même le visage d'Aneki s'estompe. Que m'auraient apporté de plus un mari et un fils indiens, maintenant que je sais l'alliance impossible ? Finalement, j'ai trouvé mieux que la vie sauvage, mon propre équilibre, et quelque chose qui ressemble au bonheur. Je n'ai plus ce sentiment de honte d'avoir failli. Cushi avait raison : « Ce qui doit être, sera » et le destin a choisi pour moi.

Joachim, après s'être adonné au cabotage quelques années avec l'infatigable *Alenn Gardiner*, a fini par se sédentariser et élève des autruches dont, me dit-il, les plumes font fureur en Europe. Ses courriers sont pleins des mêmes émerveillements dont il faisait preuve ici pour la nature et des mêmes indignations pour les populations noires abâtardies et traitées en esclaves. Les hommes sont donc ainsi. D'un bout à l'autre de la planète ils ne supportent pas leurs différences. Mais les Africains sont infiniment plus nombreux et vindicatifs et je tremble quand il me raconte ses histoires de fermes incendiées et de Blancs assassinés.

Ici, l'évasion de Lukka a signé la fin de l'éphémère révolte. Le déclin des Indiens s'est poursuivi. Aujourd'hui, en 1932, près de cinquante ans après mon arrivée, il ne reste que dix pour cent de l'ensemble des populations autochtones. Aucun des Haushs, qui peuplaient l'extrémité est du canal de Beagle, n'a été aperçu depuis dix ans. Ils auraient succombé de maladies. Certains Onas auraient été sciemment éliminés par des aliments empoisonnés déposés sur les grèves, mais j'ai du mal à croire cela. Les survivants sont presque tous employés dans les estancias où leur robustesse fait merveille. Des Alakalufs et des Yamanas qui vivaient de la mer dans le canal, il ne reste pratiquement plus de populations isolées. Chez eux s'est instaurée une sorte de lassitude collective. D'une épidémie à l'autre, ils semblent avoir perdu tout ressort vital. Les naissances se font rares, comme s'il leur était devenu inutile de se perpétuer en tant que race. Les cérémonies d'initiation sont exceptionnelles puisqu'il n'y a plus d'impétrants. La tradition des Yekamushs n'est plus transmise. Vêtus à l'européenne, souvent alcooliques, quelques spécimens traînent à Ouchouaya. Du côté sud du canal de Beagle, devenu terre chilienne, les autorités tentent de regrouper les survivants, sous forme de village, qui correspond bien peu à leurs habitudes nomades.

Ceux d'Itulia sont les moins malheureux, je crois. J'ai interdit l'alcool sur le domaine et quand je fais venir pour nous le docteur d'Ouchouaya, je lui paye ses consultations auprès des Indiens. Une quinzaine de familles cultivent de petits lopins, pêchent et donnent la main aux travaux de la ferme.

Plusieurs ethnologues nous ont rendu visite. J'ai la réputation d'être une des meilleures connaisseuses de la culture autochtone. Ils bombardent les Yamanas de questions sur les liens de parenté, les rituels du Cièxaus, les légendes, achètent à grand prix des paniers, des armes et des outils. Ensuite ils se chicanent entre eux sur le point de savoir si les Indiens croient en un dieu unique et s'ils ont une vision de l'au-delà. Mais à quoi servent ces études qui vont atterrir sur des étagères poussiéreuses et ces objets qui finiront dans des musées ?

Le temps de ces peuples est fini, à tout jamais.

*

Après le départ de Lukka et de Joachim, je me suis lancée à corps perdu dans le travail. M'épuiser était une fois de plus mon recours. Huit mille moutons, une cinquantaine de chevaux, une centaine de vaches, une basse-cour conséquente font d'Itulia la plus belle ferme du canal de Beagle. Mes fils, mariés, m'ont peu à peu déchargée des travaux, me laissant ces longues heures de contemplation dont je ne me lasse pas. Un coin de lumière fulgurante, un vol d'ibis ou de condors, un hêtre aux branches torturées ponctuent ma journée de petits bonheurs et justifient cette lointaine décision d'avoir été fidèle, avant tout, à cette terre.

Dans cet après-midi de plein vent, sur ma butte, je rêve de finir là, de fermer les yeux sur cette splendeur qui m'a accompagnée, enchantée, consolée, ma vie durant. Mon seul regret sera de la quitter. Je regarde un albatros qui s'est aventuré dans la baie. Le vent est assez fort pour qu'il se laisse bercer en planant. Alors, comme au temps où je me croyais yekamush, j'ai soudain conscience de chaque filet d'air sur ses plumes. Je devine l'angulation de son aile qui va utiliser une infime ascendance créée par les vagues pour ricocher de la surface de l'eau vers le ciel. Les lourdes masses nuageuses semblent y être suspendues en apesanteur, leurs bases strictement à la même hauteur, posées sur un invisible coussin qui serait transparent. Je suis l'oiseau. Je joue de mes ailes toutes neuves, étonnée de me mouvoir maintenant en trois dimensions. Je vole, et l'odeur douce-amère des algues en décomposition emplit mes poumons et m'attire vers une tache de laminaires. Je perçois les éclairs de minuscules poissons qui y sautent, prenant la lumière en éclats multicolores comme les gouttes d'une cascade. Dans un fuseau de soleil une tiédeur m'emplit brusquement le corps, me rassasie d'une énergie aussi inépuisable que l'astre lui-même.

Je survole l'entrelacs de golfes et de caps, de glaciers, de prairies, de forêts. La couleur des eaux va du turquoise côtier éclatant sous un rayon de lumière, au bleu nuit des grandes profondeurs du canal, au noir d'un reflet de nuage. La houle s'enroule à chaque pointe pour rentrer dans les baies, envoyant ses rangées de vagues, comme des bataillons à la parade, mourir en ourlets d'écume. Le vert forestier ne résiste pas, en altitude, au brun du roc qui cède lui-même devant la blancheur sans compromis de la neige, composant la côte comme un mille-feuille, marbré du tracé sinueux et sombre des rivières. Des points blancs ou bruns se meuvent lentement dans les pâtures, agrégats de moutons, de vaches ou de chevaux et, sous les rares carrés orange ou verts des toits abrités par des collines, des femmes veillent à la survie domestique.

Tout là-bas, tout au fond, là où les cimes tutoient enfin les nuages, s'élève la grande vapeur des cinquantièmes hurlants et des soixantièmes solitaires.

Je suis Emily, du pays du bout du monde.

Depuis longtemps, si longtemps, mon kespix a quitté mon corps.

Ma chair a nourri le ver, le ver a nourri l'oiseau, l'oiseau a nourri la renarde et fait grandir ses petits.

Mes os ont nourri la terre, la terre a nourri les hêtres, les hêtres ont donné le gîte et le couvert aux animaux de la forêt.

Mon sang a coulé dans le sol, a coulé dans la rivière, a gagné le canal et s'est fondu dans les eaux grises de la mer.

Je suis ici pour toujours.

La croix de bois de ma tombe est rongée de mousse et les enfants de mes enfants sont retournés vers les lumières des villes. Itulia, dont j'étais fière, a subi les revers que les hommes savent s'infliger à eux-mêmes. D'autres ont fourni ailleurs et à moindre effort les planches et la viande. Les vaches et les chevaux sont devenus sauvages et certains les tirent à la place des guanacos qui se font rares. Un seul péon garde une maison décrépie.

Plus personne n'appelle Akaïnix, l'arc-en-ciel, ni Hainola-l'orque, ni Yétaité.

Ceux qui vont et viennent maintenant ne connaissent plus le sens de l'arrivée des ibis, ou de l'apparition précoce des lions de mer, aucun ne sait plus guider une pirogue ou traquer les cormorans et les otaries.

Les peuples de l'eau, les peuples de la forêt ne sont plus que des gravures.

De l'autre côté du canal, en terre chilienne, en bordure d'un bourg boueux, une fausse hutte propose des paniers minables et une ou deux vieilles se font payer pour raconter des légendes.

Il y a toujours des voiles dans le Beagle et autour des îles, mais ce sont des hommes blancs joyeux qui flânent et s'extasient de rien. Les chemins de portage sont parcourus par des marcheurs innocents qui n'ont pas à chercher leur nourriture. Ouchouaya est devenu, on ne sait pourquoi, « Ushuaia », une ville-pieuvre. Au bord de mer, les huttes ont depuis longtemps disparu pour faire place à de lourdes constructions, et les pauvres ont été repoussés en haut dans des taudis qui mitent les bois des collines.

Mais le vent fou est toujours là, et la mer sans fin, et la lumière nue, et l'alliance des gris, bleus, verts et blancs et l'indéfinissable énergie née de leur pacte intime, bien avant les hommes et bien après eux, indifférente à leurs races et à leurs rêves.

Je suis là, âme heureuse, enfin sereine. On me reconnaîtra dans une aile de martin-pêcheur, dans une fleur de séneçon sous la neige, dans le poil roux d'une renarde qui passe. La renarde qui court encore et encore, dans une prairie de Patagonie.

Isabelle Autissier dans Le Livre de Poche

Le Livre de Poche

Salut au Grand Sud n° 30853
(avec Erik Orsenna)

Antarctique [...] Le 8 janvier 2006, sur le fier voilier *Ada*, nous avons d'Ushuaia levé l'ancre. Cap au 180. Deux mois plus tard, nous sommes revenus. Nous allons tout vous raconter.

Seule la mer s'en souviendra n° 32070

En 1969, Peter March, un père de famille, bon marin, se lance dans l'aventure : participer à sa première course en solitaire, autour du monde et sans escale. Seul face à la mer, Peter March invente sa position. Isabelle Autissier raconte l'affrontement fascinant entre un homme et l'océan, entre la raison et la folie.